杨柳岸，晓风残月

宋词里的悲欢离合

谷盈莹 著

中国出版集团 现代出版社

目　录

卷三　伤春·空叹·无边丝雨细如愁

卷四　乐观·青春·烈士壮志意难平

卷五　咏史·怀古·悠悠万世随潮去

卷六　悠游·自在·哲思一缕度人生

卷七　她去·悼亡·阴阳两世诉衷情

卷八　自然·人情·迟丽江山别样红

卷九 羁旅·思乡·此心安处是吾乡

卷十 豪迈·爱国·斗转星移心不灭

序

青春的浪花点点，岁月的星光璀璨，徜徉过历史的长河，常常瞥见漂浮在河面上的斑斑点点的亮色。在前行的路上，宋词的出现犹如指路明灯般，冲破了久违的黑暗，照亮了前行的路途。

追溯往昔，仰视星空，再次遥望经历历史沉淀之下的那些璀璨的文学之珠，在宋词的世界里，听一个个动人心弦的故事。

提到宋词，苏轼、李清照、陆游、辛弃疾……词人之名喷涌而来；提到宋词，水调歌头、念奴娇、满江红……脍炙人口的词牌之名映入眼帘。踏着唐诗的脚步，宋词开拓出了新的发展疆土，也给它的仰慕者，带来了全然不同的阅读体验。

国学大师王国维先生曾在《人间词话》中总结出三境界："古今之成大事业、大学问者，必经过三种境界：'昨夜西风凋碧树，独上高楼，望尽天涯路'（晏殊《蝶恋花》），此第一境也。'衣带渐宽终不悔，为伊消得人憔悴'（柳永《蝶恋花》），此第二境也。'众里寻他千百度，蓦然回首，那人却在灯火阑珊处'（辛弃疾《青玉案》），此第三境也。"这般宋词的三境界，正是人生境界的逐步升华。

在历史的坐标上，我们都在努力地找寻着心灵的位置。然而，面对物欲横流的现实社会，面对车水马龙的浮华凡世，为了丰腴物质生活而打拼的人们何曾体会到生命真正的乐趣。

犹记得，莫言先生参加一次文学会议时提出的一个命题——“贫富与欲望”。当人们孜孜不倦的物质追求沦为生命的负累，不曾去真正反顾内心所向，这样的人生是何等悲哀。

愿在宋词的世界里，我们得以重新审视人生的价值，于虚妄处重新发现希望之光。

一曲“大江东去”唱不尽一代英雄的悲欢离合，一曲“晓风残月”吹不尽情郎们的离愁别绪。面对久违的爱情，秦观深切吟咏“两情若是久长时，又岂在朝朝暮暮”；面对故去的亡妻，东坡长叹“料得年年肠断处，明月夜，短松冈”，那“一川烟草，满城风絮”惹得人“欲语泪先流”。抑或是放声高歌，唱一曲豪迈雄歌，怒发冲冠一声吼：人生自古谁无死，留取丹心照汗青。这一壮怀激烈的心灵呼号不仅是一个词人的良知，更彰显着一个爱国志士的精神高境。

那一年，望故乡邈远，不忍登高临远，唯有把那无穷无尽的离愁，天涯地角寻思遍，一个游子，一个内心深深地烙印着故乡身影的游子，只能把一腔羁旅忧思交与美丽的文字，淡淡的墨香里沉淀出人性的真实和美丽。

那一日，疏影横斜水清浅，暗香浮动月黄昏。这份清幽淡泊或许是永驻在人身边，却从不为常人所观所感的风景。可娓娓道来的几句话语，却将普通之景点染成了神境。宋词犹如一个神奇的魔法师，有一股化腐朽为神奇的惊人力量，触动着人们的灵魂，赐予读者无穷的力量。

在文字的世界里，我们看到了一个不一样的自己；在文字的世界里，我们认识到一种不一样的达观态度。在文字构筑的梦中，每一个人都是寻梦者，每一个寻梦者的光辉都在熠熠闪闪，踏着斑驳青春，重新找寻来时的路。

年年岁岁花相似，岁岁年年人不同。在宋词的世界里驻足痴望，但见一篇篇词作在淡淡的墨色中对生命呼唤，晕染出一朵朵香气馥郁的白莲花。

风景这边独好。不如在这个阳光慵懒的午后，驻足脚步，轻轻打开心扉，和着音乐，品一杯香茗，遥望那最美的宋词。

卷一

离愁·思恨·万水千山总是情

残月里的泪眼：
便纵有千种风情，更与何人说

雨霖铃

寒蝉凄切，对长亭晚，骤雨初歇。
都门帐饮无绪，留恋处，兰舟催发。
执手相看泪眼，竟无语凝噎。
念去去，千里烟波，暮霭沉沉楚天阔。
多情自古伤离别，更那堪冷落清秋节！
今宵酒醒何处？杨柳岸，晓风残月。
此去经年，应是良辰好景虚设。
便纵有千种风情，更与何人说？

说到柳永，人们会记起他在落榜后意难平时“忍把浮名，换了浅斟低唱”的喟叹，也不会忘记他“对潇潇暮雨洒江天，一番洗清秋”的茕茕悲秋念家，更不会忘记他“衣带渐宽终不悔，为伊消得人憔悴”的一往情深。而这首《雨霖铃》的每一个字，让经历过离别的人们刻在心上，诵读如噎。

柳永是北宋倾其一生专注写词之人，他在词史上有着不可磨灭的贡献，那一首《望海潮》不仅浓墨重彩地写下杭州之繁华，至此还开启了慢词写作风潮。相较于《望海潮》的大开大阖，婉约派词人柳永的大多数词则像雨打湖面，涟漪轻轻漾开的细腻低吟。如今我们提到柳永时，常闻“柳郎中词，只合十七八女孩儿，执红牙拍板，唱‘杨柳岸，晓风残月’”的评价，虽此言并非完全精准，但也将柳词绘出大致的倩影。

烟花巷陌，红烛丝管声嚣，自诩“白衣卿相”的柳永倚红偎翠，把酒畅言。科举接连失意的柳永与坊间身世零落的歌女们有天涯共沦落之怅然。和狎兴轻浮的浪荡公子不同，柳永平等看待歌伎，为她们谱曲填词，也将这些温婉灵动的女子写入词中，勾出她们千娇百媚的生动，揣度她们烟光残照里，凭栏遥望的寸心万绪。

柳永总娓娓道出市井里的人生苍凉，酸苦况味，尤其是“离情别绪”这一主题在他酣洒笔墨间绘制得百转柔肠，黯然销魂，而《雨霖铃》更是其中之佼佼者。

说起离别，思绪便像一张大网般张开，这是任凭时间的洪流如何奔涌也说不尽道不完的主题。歧路将临，别情脉脉。不同时代的文人骚客纷纷有感而发，为这“离别”的大道添砖加瓦，通向没有终点的天际。

“寒蝉凄切，对长亭晚，骤雨初歇”短短十二字，就将分别的时间、周围环境以及天气情况渐次描写。“凄切”的岂是蝉鸣，那即将分离的心一紧一颤恰似鸣蝉。“长亭”象征离别，此意象早已被古诗频频征用。初停的骤雨像上天能知晓我心意，招来迫切迅疾的雨珠暂泄忧伤，长亭檐角也许还有雨滴缓缓落下，像分别倒计时；树木折射着清亮的水光，潮湿的泥土踏上去更柔软，似乎要黏住离人的双脚，不能再多走一步。还未正式言别，而别离的笙箫已吹响。

何以解忧，唯有杜康。借酒消愁是大家最常用的派遣郁闷的方法，也懒去计较是否会愁更愁，唯愿于长醉中忘却三千烦恼。词人却“无绪”饮酒，脑中萦绕着离别忧思，哪还有豪饮的兴致。满心留恋，而小船已催促要启程。“执手相看泪眼，竟无语凝噎”，双手相握，四目相对，泪眼婆娑，纵有千言万语还想诉，却只有如鲠在喉难开口。

那晶莹的眼波里，藏着只有你知我知、心有灵犀的真情实意。自“念”开始，情境由实转虚，想到那“去去”之路漫漫，仿佛可以无限延续，像《古诗十九首》其中“行行重行行，与君生别离”那般，恍若每一步都异常沉重艰难，去去日千里，茫茫天一隅。

烟波浩渺，晚间雾浓，辽阔天际，前程何在，几时是归日？人内心的情绪总是叠层千万，还未离别，就思归期，而这番暗淡的暮霭之景如离人忧心忡忡、毫无着落的前程，前途不明，再会安可期？“千里烟波，暮霭沉沉楚天阔”收束上阕的同时，引出下阕更深的情怀。

好一句“多情自古伤离别”，悠悠天地间，无论古人还是今人，皆伤离别。此句从个人抽噎里起身，在更广阔普遍的意义上去阐述离情，这为人类发声的言语一出，仿佛可以听到千年前后传来的回声。

紧承的“更那堪冷落清秋节”加重语意，离别为一悲，而寒秋又为一悲。感伤的事，感伤的景，立即让悲之怀更黏稠。“今宵酒醒何处”是词人的自问，对此，他做出的回答是“杨柳岸，晓风残月”，言简意深，情与景相生相融。

酒后凛冽的晓风唤回人的意识，他思绪飘飞，想得更远，“此去经年，应是良辰好景虚设”，形单影只的漂泊，经离别过滤后的风景时节，再美好也如同虚掷。思念成疾，嚼一切皆无味。词人再有波澜起伏的风月深情又如何，没有思念的人儿在身边，“便纵有千种风情，更与何人说？”

结尾四句是对分别后的情景做出的长远想象，把离愁在时间线上拉得更远，思之至也。整首词层层铺垫，离思缓缓流露，没有终极。景语即情语，为千古流传的佳作。

很难想象柳永的心思可以如此细腻，而且能直面内心情绪。比起“丈夫志四海，万里犹比邻”的自我宽慰激励，柳词的字里行间有放纵儿女情长之嫌，但这何尝不是一种勇敢的诚实。

念念不忘，必有回响。但凡是经历过分别的人都会在心里悄悄期待着重逢，不管它成真的概率有几分。幸好有柳三变，让我们的初心从遮掩的裹覆中露出，是否你应该对那个你唯愿与之分享良辰好景的人，上交你的思念呢？

邈远平波：
无穷无尽是离愁，天涯地角寻思遍

踏莎行·祖席离歌

祖席离歌，长亭别宴。
香尘已隔犹回面。
居人匹马映林嘶，行人去棹依波转。
画阁魂消，高楼目断。
斜阳只送平波远。
无穷无尽是离愁，天涯地角寻思遍。

提到晏殊，人们似乎看到他在花园小径上独自徘徊念着“无可奈何花落去，似曾相识燕归来”，或对着满目山河，叹年华光景有限，悟出“落花风雨更伤春，不如怜取眼前人”的生活态度，或在秋风晃动着碧树的夜里“独上高楼，望尽天涯路”。

官至宰相的晏殊仕途稳顺，无太多波折动荡，他笔下再是写离愁别绪，也带着一种雅致含蓄，如平波邈远。

晏殊七岁能属文，天资聪颖，可谓神童。庆幸的是，虽然他早慧，却并没有仲永之伤，而是把握机会，十四岁考取进士，再步入官场。

晏殊生在太平的北宋初期，五代十国的混乱刚刚结束，全国实现大一统，国泰民安，政治上并没有太大的漏洞亟待修补。因此晏殊活在了一个极好的时代，纵观其生平，他在政治上也无太大建树，而他为世人称道的是才华和品行。

《宋史》里说晏殊“文章赡丽，应用不穷，尤工诗，闲雅有情思，晚岁笃学不倦”，却独独没有提到他的词，自古以来认为诗是正统，词乃小道，诗揽去了言志的功能，把风月情怀更多地留给词去诉说。看晏殊词有伤春悲秋无奈流年匆匆，继而有不断对青年时期的追忆，还有哀离别，思无穷。有人说晏殊笔下写的是富贵闲愁，而我窃以为那是对他的误解。晏殊笔下的万端思绪感念，皆出自一个文人心底深处，只不过每个词人性格不同，晏殊的词中有种豁达的超然，理性成分较重，平衡了那绵绵悠长的情思。

也许，在晏殊那么多的词作中，这首并不突出，却能显示晏殊的理性思维和有节制的情感，即便面临分离之伤，也能以开阔的心境从容对之。

开篇入题，没有任何铺垫，饯别宴席上离歌悠长，宴饮后我们将在长亭告别。

花瓣凋落，融入泥土，泥土携着花香，在嗒嗒马蹄下扬起“香尘”，哪怕香尘挡住了回望的视线，也要不停地转头看。这一句词，并未给出明确的主语，到底是居人还是行人回面，我觉得应是两个人都在不停地回头。居人上马，离人登船，船行马走，朝着相反的方向，距离逐渐增大。

晏殊笔下的离别没有“执手相看泪眼，竟无语凝噎”的缠缠绵绵、难舍难分，而是知道分别之必然，餐饭食毕，离歌声停，执行完这些分别该有的程序，你我便各走一头，奔向未知的命运。

相聚的那一刻意味着每过一天就更靠近分别的时日，天下没有不散的宴席，以后的事留给未来给出最终答复。一切看上去那么公式化，超脱的理性，然而“尤回面”这个动作却显示出几缕温柔情长。原来，回头这个动作竟可以这么美，它不是回眸一笑，顾盼生辉，却是小心翼翼又自然而然地回头寻觅，想看看那个人的身影，多见一面，哪怕仅有一秒，足矣。

可恨香尘之屏障，已互相望不见，即便看不见，仍要在回头凝望中想象着离人身影，那离去时的模样，这是一种克制的深情。此后再分别写两人各自前行的情况，“居人匹马映林嘶，行人去棹依波转”，马替我隔着树林哀号，船桨轻划，水波转动，你乘舟远去。送行之画面一气呵成。

古人总爱登楼，尤其是失意烦闷之时，也许寄希望于高处辽阔之视野能纾解心中淤积之苦闷吧。此处居者也登上画阁，倚栏遥望，正道是“黯然销魂者，唯别而已矣”，江淹诚不欺吾矣。

这一望纳入眼中的是“斜阳只送平波远”，这描写并未用一个带有心理色彩的词，看似客观描绘所见景色，而“只送”二字，藏满了无可奈何的怅然，读出来就是一声绵长叹息。邈远碧波，思绪忽然酣然，直抒胸臆，一句“无穷无尽是离愁，天涯地角寻思遍”收束整首词，以“无穷无尽”对“天涯地角”，之旷阔，之浩瀚，思绕天涯。

晏殊作为一个理性的词人，哪怕内心忧伤痛苦，也不愿直接将伤口赤裸裸展现出来。晏殊擅长小令，其词脱胎于五代小词，境界含蓄曼妙，用语明净雅致，开拓了宋词婉约派风格，被称为“北宋倚声家之初祖”。

也是，只有及早品尝过人生种种的晏殊，才能抵达“望尽天涯路”的大境界。他对与生命有联系的一切事物都有独到的领悟，对于离愁思念，他想说的又岂会只有海角天涯寻觅思念？“垂杨只解惹春风，何曾系得行人住”“欲寄彩笺兼尺素，山长水阔知何处”，他喜欢在结尾打一个大大的问号，无解的问号，穿越时空来叩击你我的心房。

柔肠道不尽离愁：平芜尽处是春山，行人更在春山外

踏莎行

候馆梅残，溪桥柳细。
草薰风暖摇征辔。
离愁渐远渐无穷，迢迢不断如春水。
寸寸柔肠，盈盈粉泪。
楼高莫近危阑倚。
平芜尽处是春山，行人更在春山外。

提到欧阳修，怎能不提起他“月上柳梢头，人约黄昏后”的俏皮灵动，怎能不提起他“庭院深深深几许，杨柳堆烟，帘幕无重数”的深隐幽婉，怎能不提起他“文章太守，挥毫万字，一饮千钟”的疏朗旷放。

官场的一波三折让欧阳修有更多的人生体验，这迂回曲折的命运脉络从他的诗词中显现出。而有关说离愁，道相思，更莫过于“平芜尽处是春山，行人更在春山外”的韵致别具了。

同为北宋词人，欧阳修的仕途没有晏殊的幸运平顺，他三次遭贬，切身体会过人生的起起伏伏，百般滋味拢心中。一路蹉跎没有让他意志消沉，无论是他的诗还是词里，都能呼吸到一股席卷而来的生命乐观昂扬的气息，“曾是洛阳花下客，野芳虽晚不须嗟”便是如此。

生命贵在无数的可能性，愿意敞开一颗心去体验感受，接受时间赋予的一切馈赠，无论好坏。欧阳修自号醉翁，有酒方能畅怀尽兴，即使被贬到滁州，他也能在流连山水里悟出诸多乐趣，智者乐山，仁者乐水，六一居士，仁智者也。

欧阳修的词是五代词人的延续，颇具南唐冯延巳的词风。刘熙载《艺概》云“冯延巳词，晏同叔得其俊，欧阳永叔得其深”，此话抓住了欧阳修词一极大特点。“深”乃脱去脂粉装饰，真挚深刻表达情感。他的词是疏快里蕴藏着品格，平和沉着又不失隽永，这首《踏莎行》即有此风格。

“候馆梅残，溪桥柳细”，开篇即点明时间地点，梅残柳细之时，乃大好春日良辰。“候馆”泛指接待过往官员或外国使者的驿馆。

这句词暗含了一个羁旅行役之人的形象，“草薰风暖摇征辔”，描绘出行人路途中的情景，草香清新，风儿柔和，春的明媚在这四个字里一显无遗。行人骑马牵着缰绳，嗒嗒向前。

“摇”不知是草动，还是风吹，还是人身体之颠晃，抑或是人心中离愁，《诗经》有云“行迈靡靡，中心摇摇”。行人离家越来越远，纵然一片美好风光，也无绪欣赏，“离愁渐远渐无穷，迢迢不断如春水”。心中惆怅一路紧随，并且随着离家距离的增长慢慢扩张，欧阳修将此无边无际的离愁比作悠悠不绝的春水，化抽象为具体，正如南唐后主之“问君能有几多愁？恰似一江春水向东流”。上阕乃写行人征途感怀，乐景言哀，伤心必将加倍。

下阕视角转换，回到闺阁，“寸寸柔肠，盈盈粉泪”，闺中人情意缠绵，泪眼未干，愁绪万端。此恨难遣，想登高远望，把视线延伸到最远最远，愿能看见行人身影。然而“楼高莫近危阑倚”，这样一个祈使句，莫要靠近高栏，让人不由心生疑惑。

尾句立刻给出释疑，“平芜尽处是春山，行人更在春山外”，草木丛生的平原旷野尽头是叠嶂重山，而心中思念的人在这天然屏障之外，远之又远的地方，何能得见，既不能见，再倚栏而望，岂不是更添一层愁？而这居人所思，乃行人代为之思，从一人心里，得两人之相思，可谓妙绝。

唐圭璋云：“平芜已远，春山则更远矣，而行人又在春山之外，则人去之远，不能目睹，惟存想象而已。”整首词清新俊逸，前后勾茨，章法井然。最后一句连用两个“春山”，有评论者嫌其繁复，而笔者认为这正是欧阳修精妙之处，重复使用“春山”，更突出空间上距离之遥。

春山之昂扬生机，似望眼欲穿旺盛滋长的绿色离愁，滋味难耐。

水尽天不尽，人在天尽头。

欧阳修在《踏莎行》里给我们提供了思念更辽阔的一种形式，把相思的种子从抽象里拔出来撒在泥土里，长成千层樟木，万重云树。然而这仅仅是一部分，行人幻想着闺人见春山之感伤，思维触角延展出去迂回了两圈，一个“外”字把空间开阔的可能性释放到难以界定。春山外的行人，到底有多远？

离别生愁，相思无极，柔肠难道尽。欧阳修写离别时正视真相，不兀自沉沦，溺于幻想，他告诉你这距离有多遥远，就是站再高也看不到心中所觅，既然如此，那就莫倚危栏。然而，在心灵空间里，千万里河山，不过咫尺间。

春风吹不散别绪：
人生自是有情痴，此恨不关风与月

玉楼春

尊前拟把归期说，未语春容先惨咽。
人生自是有情痴，此恨不关风与月。
离歌且莫翻新阕，一曲能教肠寸结。
直须看尽洛城花，始共春风容易别。

欧阳修写过“聚散苦匆匆，此恨无穷”，同许多文人一样，面对人世间的相逢与别离，他嗟叹感怀。正因聚散无常，人生难料，相聚才弥足珍贵，尤其是友人在一起的笙歌宴饮，他表达出“人生何处似樽前”的潇洒风神。而在“人生自是有情痴，此恨不关风与月”里，欧阳修更显示出他承认心中痴情，毫不遮掩的直率。

古时候文人有个很显著的特点，就是通常都有考取功名之抱负。文人与政治息息相关，也许这就是他们的“中国梦”吧。

欧阳修是个文人，同时在朝廷任职。官场的尔虞我诈，钩心斗角他皆有所了解。因此，他不是纯粹的文学家，一辈子就俯首桌案，研读经文，又或者遥望山水，察花草树木之幻化，叹内心万千思绪之绵延，研磨于字里行间。对于欧阳修来说，做官是他的职业，这是他在社会上立足的最大身份，而感想抒怀，则是闲暇时的兴趣。

作为北宋时期古文运动的倡导者，欧阳修推崇“文以载道”，主张从日常百事着眼，“履之于身，施之于事，而又见于文章”，写文章要从现实出发，要具有社会责任感，不可说些无病呻吟的空谈。

因此一些政治见解借文而畅谈，而他作为一个有六根的人，对世界对生活的感受则尽情在词中诉说。可以说，他留下来的这些词，为我们还原了一个率性至情的欧阳修，他有着“把酒祝东风，且共从容”的雍容大度，也有着无关风月，普遍共性的痴情。

樽前话别，道别本应道再见，而“尊前拟把归期说”则是打算说说何时归来，其下既有还未分离，就盼望再会的缱绻深情，也有来日漫漫，归期难料的无可奈何，那姑且商量下，彼此给个安慰也好。“未语春容先惨咽”，然而话还没有开口，青春的脸庞便皱着眉头，愁容惨淡，声音呜咽，难说出完整的一句话。最终话还是没说成，照应了前面“拟”字，分别前的诉说还没有实现，已变成泪眼相望、儿女共沾巾的局面。起句凄凄惨惨，难舍难分，然而欧阳修不会任情绪消沉哀戚下去，“人生自是有情痴，此恨不关风与月”，这一千古流传的句子，它显示了一个通俗的真理：人生中对感情执着自是极正常之事，“痴”乃痴心黏着，人在很多时候，很多情况下都会受到感情触动，心灵震颤，这种纠结忧愁的心情是与风月无关的。这一关于人生的总结性语言有力地驱散了上一句压抑的阴霾。

从理性回到当下，“离歌且莫翻新阕，一曲能教肠寸结”，别离宴上，歌曲似乎是必不可少的项目。难诉之情，以歌代之。然而此处欧阳修写到旧的歌不要填上新词，就你我现在共同听的这一曲，已经够让人肝肠寸断了。再唱下去，眼泪也许没个尽头，如江水流去。此处感情又低沉起来，离别似乎能使人心中了毒，唯有相逢是解药。

但不要着急，欧阳修的思维是有些跳跃的，他能从那些看似无路可走的消极思绪中看到微光，看到希望，这也是欧阳修的智慧之处，“直须看尽洛城花，始共春风容易别”，不要停留在悲伤的旋律中了，且去一同观赏这洛阳城的绚丽的花，它们会绽放得无比灿烂夺目，它们也会凋谢零落残损一地，何谓“看尽”，即不要只看到花开，还要想到花落，花开花落很正常，人有聚便有散，也再寻常不过。

更何况，春风也不会一直停留不去，到了时间，时节更替，春风转夏阳。春风也会暂时告别，春风的离开那么悄无声息，那我们俩也如风一般淡然从容地分离吧。这结尾又是跌宕之语，令人惊诧。

王国维云“于豪放之中有沉着之致，所以犹高”，欧阳修的豁达从容，随着整首词的声调毕现。这是一首在感情上抑扬得很工整的词，情绪处于由低转高，再落至低最后升高。这其实非常符合人的思维机制，先把负面心情抖落完，然后以一种本能力量自我拯救，又出一骏发有力之言，绝地逢生。其洒脱的力量是不可抵挡的，虽然哀伤忧愁仍然是客观事实，但那又如何，兵来将挡水来土掩，离别愁绪来了，也自有应对的方式。

还记得吗？曾经一起携手共游胜地，群芳盛放，姹紫嫣红，生机盎然。人生无常，世事难料，总是聚少离多，今年的花儿比去年红艳娇媚，明年的花儿开得会更好，那时候又有谁伴我一同游赏呢？也许是你，也许我独自一人，再也许是其他人，时间会给出答案，但不一定是坏的回答。面对分离，欧阳修有慰藉，也有对生命的信念。

邈远故乡不忍望：
是处红衰翠减，苒苒物华休

八声甘州

对潇潇暮雨洒江天，一番洗清秋。
渐霜风凄紧，关河冷落，残照当楼。
是处红衰翠减，苒苒物华休。
唯有长江水，无语东流。
不忍登高临远，望故乡渺邈，归思难收。
叹年来踪迹，何事苦淹留？
想佳人，妆楼颙望，误几回、天际识归舟。
争知我，倚栏杆处，正恁凝愁！

说到柳永，浮现在读者大脑中的首先是他“执手相看泪眼，竟无语凝噎”的依依惜别，柳永写起离别来，大部分词沿袭着花间词婉约纤细的风格，只不过在其中添了几分俚俗的市井生活气息。而这首《八声甘州》，同样写羁旅漂泊在外的离愁，心念故乡家人的相思，却显示出沉雄清劲之神韵。

前面说到，柳永善写慢词，文学史上也常说慢词自柳永开始。那么何谓慢词呢？五代以及早期北宋词多为小令，柳永开始发展出篇幅较长的词。《词谱》里说慢词：“盖调长拍缓，即古曼声之意也。”音节上的缓慢便于铺陈叙述，可以容纳更广阔的内容，也可以成就比较壮大的篇章，《八声甘州》即有这种大气。

柳永仕途道路不顺，直到晚年才中进士，做了一个很小的官。而关于他科考之路的坎坷有一个故事流传甚广。在初次落榜之后，他负气之下写了“才子词人，自是白衣卿相”“忍把浮名，换了浅斟低唱”这样疏狂毕现的词句，公开表达他在科举失败之后的内心变化，其中透露着一种自信，虽然也夹着几分嘲讽。

这首《鹤冲天》传唱很广，据说连宋仁宗都知道了，当柳永再次参加科举并中取时，宋仁宗将他的名字划掉，并说：“此人好去‘浅斟低唱’，何要‘浮名’，且填词去。”此后，柳永便自称“奉旨填词柳三变”。

入仕路崎岖，没有功名的柳永沉醉于烟花地，为此他有大量时间专注于词曲研制。他的词深受普通民众的喜爱，其传唱广到“凡有井水处，皆能歌柳词”的程度，也算是在另一条道路上的成功吧。

“对潇潇暮雨洒江天，一番洗清秋”，首句凝练地写出了清冷秋景，雨潇潇而下，连接江天，这番雨落，给人视野的感受是“洗”，尘嚣冲却，余下沁点凉意的清新宁静。

一个“对”字，统领上阕，描绘词人所对之景。接下来便是独立的生命所感受到的具体的秋意，“渐霜风凄紧，关河冷落，残照当楼”，风冷衣衫薄，残余几缕夕晖笼罩在楼上，散着寒气的不仅是秋风关河，更是独自漂泊的心。

词人此时此刻双眼看见的“是处红衰翠减”，花木零落的季节，到处都生机不复，而他发出“苒苒物华休”之叹，“苒苒”是形容时间悄无声息地流逝，万物渐渐消残。

不变的是滔滔江水，向东流去。逝者如斯夫，不舍昼夜，韶华易逝，而流动的江水似对一切变化都没有感觉，只管不停歇地奔涌，如同匆匆光阴。

下阕抒情，“不忍登高临远，望故乡渺邈，归思难收”，登高是古人很爱用的一个意象，高楼远望，目力更开阔，也更易编织一张感怀的网，一丝一缕都缠绕着苦愁。朝家乡方向望去，思念一旦倾泻便难以整理。

事实上词人“归思”的藤蔓已蔓延出来，“叹年来踪迹，何事苦淹留”，词人自问自己为何要凄凉漂泊，客居他乡，一个“叹”里含有多少难言的苦衷。“想佳人，妆楼颙望，误几回、天际识归舟”，这儿视角转换到佳人处，仍旧是“归思”中的一缕。

词人想，家中妻子应该也在楼边眺望江面，希望漂过的舟船里载着归来的人，可是却误认了好多次，而这“误”包含着由希望转为失落的情绪，“几回”表现这样的由惊喜到叹息的情景出现次数不止一次，情思更哀婉悱恻，就像诗人郑愁予说的：我嗒嗒的马蹄是美丽的错误，我不是归人，是个过客……

“争知我，倚栏杆处，正恁凝愁”，将纷乱的思绪收束回来，由想象的虚写转回现实，词人正倚着高楼栏杆，胸中郁积着哀愁，“凝愁”之“凝”生动地显示出愁乃层层堆叠而成，而这愁又引出以上所有抒发，以此结尾，让整首词结构更显严谨。

望处雨收云断，凭栏悄悄，目送秋光。触景生情，景随情动，这是心思敏感的文人对外界的回应。他们的感觉力强于常人，并能一字字组合成神奇的文字世界，还原某一时刻，或某一种心境。

秋日风物总相似，离愁也总相似，纵使如此，文人们也总能分辨出一些细微的不同，并迅速捕捉出来，如“念双燕、难凭音信；指暮天、空识归航”和“想佳人，妆楼颙望，误几回、天际识归舟”，柳永这两句词有相似处，也各有趣致。

把握幽微，方是高妙的词人。

桃源望断无寻处：
可堪孤馆闭春寒，杜鹃声里斜阳暮

踏莎行·郴州旅舍

雾失楼台，月迷津渡，桃源望断无寻处。
可堪孤馆闭春寒，杜鹃声里斜阳暮。
驿寄梅花，鱼传尺素，砌成此恨无重数。
郴江幸自绕郴山，为谁流下潇湘去？

说到秦观，首先想到的是“自在飞花轻似梦，无边丝雨细如愁”的迷离感伤，还有那“两情若是久长时，又岂在朝朝暮暮”的似水柔情亦让人挂念。而微云寒鸦的斜阳里“伤情处，高城望断，灯火已黄昏”更是勾勒出一幅生动如斯的画面，怎能不销魂。这首《踏莎行·郴州旅舍》是秦观式的感别离，叹人生。

作为苏门四学士之一的秦观，因政治倾向与宋哲宗时执政的“新党”相逆，遭遇贬官，不断迁徙，卒于滕州。

因有此经历，秦观的词中透露着一种不张扬的孤独，这股孤独之感又是通过一件件眼睛看到的景物呈现出来的，因此秦观笔下之景大多都是“有我”之境。“那堪片片飞花弄晚，蒙蒙残雨笼晴”，那飞花，是撩得人心绪烦乱的飞花，雨退天晴，天地雾气氤氲，潮气未散，心中也无法真正明朗。

雨后初晴，遥想你我曾共度一帘幽梦，享春风十里柔情，沉淀下来往昔不复，怆然追思的落寞。

人生寄一世，奄忽若飙尘。人来到世上如远行客，这是汉朝时便兴起的生命意识。而此番忧思投射于不同的个体生命上又有些许不同的色彩。对秦观来说，他的人生坎坷经历，让他感受到更多的是一种没有心安之处，居无定所的孤寂和迷惘。

郴州是秦观曾迁徙过的一个州，郴州旅舍点名了秦观创作这首《踏莎行》的背景，作于他被贬谪后远徙郴州的途中。这样一个刚经历仕途波折的人，心中会浮起怎样的思绪呢？

“雾失楼台，月迷津渡”，雾和月是极为常见的意象，然而秦观眼里的雾是迷失的雾，月是迷失的月，这是他真切的感受，也许在那渡口，他曾夜夜踱步，但迈向的是陌生的远方，那楼台也许是他曾经倚靠过的，凭栏发呆，雾色迷离，前程渺茫。八个字，营造出一幅迷失的画面，简洁而有力度。

“桃源”是自陶渊明起创建的一个文化典故，是中国文人理想的象征，这样一个美好的地方无处可寻。在巨大的迷失感笼罩下，词人也许做了“望尽天涯路”的努力，然而即使他东南西北都望断，桃源仍是杳无踪影。

理想的情境难遇，现实的遭遇是旅舍独居，春寒料峭，让人难以忍受，杜鹃啼叫，夕阳渐落。“可堪孤馆闭春寒，杜鹃声里斜阳暮。”这句其实就描写了旅舍生活的日子里一些重复的片段，太阳每日都会落下，杜鹃鸣啼声声，这些景皆为实在的景物，而在杜鹃与斜阳构成的画面中却可以剥落出一种抽象的情绪，没有提到详尽的事件，只是说难以忍受，可还是不得不承受这种隐忍的孤独。

这种漂泊的感伤是无可奈何的，秦观能够做的就是绕开直接情绪，试图用景物去淡化它们，去抹开无限延长的孤独。

“驿寄梅花，鱼传尺素”，和朋友分别后，会通过书信联络彼此。古时候不比现在，交通和通信的不便拉长了思念的距离，一封信最终抵达前是要历经辗转，因此更显珍贵，然而这些来之不易的信件累积起来，便“砌成此恨无重数”，因为不能见面，思念是望眼欲穿。

而且，信件传达的是几天前的思绪，等收到答复的时候，也许最痛苦的时刻已经熬过，这是“无重数”的恨里的一层。“郴江幸自绕郴山，为谁流下潇湘去”，结尾处突然从信件堆砌的感伤里跳到写郴江和郴山这样的自然景象，然而是带有强烈主观情绪的客观事物，郴江本来是绕着郴山流，而最终却流向潇湘。

据传舜的两个妃子，为夫君的死而哭泣，她们的泪水留在潇湘两岸的竹子上，因此“潇湘”有其文化典故在，潇湘水涌动着波澜的哀愁。生活也不按秦观所想一直恪尽职守为朝廷效忠，而是一股潮流就把他推到远方，陷入孤独的泥沼里。

秦观没有写分别的过程，没有含情脉脉，依依不舍。他就那么直接地写旅舍的生活和感想，从一个人事熟悉的地方离开，羁旅漂泊。他心中，往昔之系挂，就像寄来的一封封信一样，堆叠起沉重心事。

花非花，雾非雾，夜半来，天明去。秦观的离愁别恨更多地体现为从一条链条里脱落后的迷失，他想念从前的一切，但贬谪的现实让他知道曾经的轨道并不稳固。桃源望断无寻处，恍若在迷雾中不停游弋，心意难安，何处有人家？

青天明月共婵娟：人有悲欢离合，月有阴晴圆缺

水调歌头

丙辰中秋，欢饮达旦，大醉，作此篇，兼怀子由。

明月几时有，把酒问青天。
不知天上宫阙，今夕是何年。
我欲乘风归去，又恐琼楼玉宇，高处不胜寒。
起舞弄清影，何似在人间。
转朱阁，低绮户，照无眠。
不应有恨，何事长向别时圆？
人有悲欢离合，月有阴晴圆缺，此事古难全。
但愿人长久，千里共婵娟。

说到苏轼，应声而来的是“大江东去，浪淘尽”这平地乍起的豪迈旷达，忽而转为“十年生死两茫茫。不思量，自难忘”的沉郁苍凉，或者是春风酒醒后，“回首向来萧瑟处，归去，也无风雨也无晴”的淡定从容。最令人拍案叫绝的是，他对月独酌时，面对夜空中的十五圆月发出了“人有悲欢离合，月有阴晴圆缺”的豁达感慨。

苏轼的词以豪著称，自他出现后，此前南唐词人“绮罗香泽之态，绸缪宛转之度”中便注入豪情壮声，虎虎生气。陈师道云“子瞻以诗为词”，此乃东坡词之一大特色。

那么何谓以诗为词呢？是把诗中情志纳进词里，扩宽词的内容和书写范围，比如满腔热血的爱国情怀以前主要通过诗歌表达，苏轼将此种感情写进词里，于是便有了“会挽雕弓如满月，西北望，射天狼”这般吞吐乾坤之魄力。以诗为词的实质是宋代理性精神对词体的冲击，宋代理学兴盛，其所倡导的对宇宙天地、社会人生的思考通过词得以表现出来。

苏轼在一些词前加了题序，交代了词的创作背景，其中个人化因素所占比例较大，表现为在具体情境之下心绪的抒发。苏词中有鲜明的自我主体，经常出现“我”“吾”“余”还有自我称号“东坡”，这种与以往词形成差异的自我的强烈表现，抖落了词旧传统的脂粉气，注入了现实中词人的精神品格与风采气度。如“与谁同坐，明月清风我”的疏朗，又或者是“长恨此身非我有，何时忘却营营”的自问，苏轼通过词写出他的喟叹，这也是对他自我心灵的一次探索。怪不得谢章铤说“读苏辛词，知词中有人，词中有品”，这首《水调歌头》能显现他独特的人生态度。

《水调歌头》词前有一段序：“丙辰中秋，欢饮达旦，大醉，作此篇，兼怀子由。”序中苏轼点明这首词是中秋节时对月畅饮，侧旁无亲人相伴，于是想起他多年未见的弟弟苏辙，借此篇倾吐心曲。

上阕写对月酌酒后，兴致高昂，对浩瀚夜空那最明亮的圆月做出一些想象。自古以来，咏月的诗词不少，静夜的月亮很容易引发人的宇宙意识，把人牵引到茫茫时空隧道间，滋生出关于人生的哲思，《春江花月夜》中，张若虚“江畔何人初见月？江月何年初照人？人生代代无穷已，江月年年只相似”这般思索仍旧是悬在各个时代望月人心中很原始的问号，这是超越了时空，由个体生命出发，却超越了个体，普及每一个个体，不是孤芳自赏，而是全人类的代表。

而苏轼对着月亮，他唱着“不知天上宫阙，今夕是何年”，这是关于天上人间的联想，月上的时间计算是否和人间相同呢？是更慢，还是更快呢？

“我欲乘风归去，又恐琼楼玉宇，高处不胜寒”，这里出现的“我”，是苏轼很个性化的表达，他想随风回到天上，暗含了苏轼觉得自己就来自天上的预设，但是担心天上过于寒冷，此处透露出苏轼觉得人间自有一份温暖，这份温暖是实在的，或许是他切身体验过的父子情兄弟情，又或许是清风朗月不用一钱买，高山流水任其流连的大自然的馈赠。“起舞弄清影，何似在人间”，通过想象天上翩翩独舞，强化了人间温情。

下阕由月光展开思绪，“转朱阁，低绮户，照无眠”，月光流转在阁楼窗户上，照着失眠的人。既然睡不着、有心事的人，对着似乎有生命的月亮，勾出缕缕情感。由此唱出了“人有悲欢离合，月有阴晴圆缺，此事古难全”，把各种月相和人间聚散相联系在一起，人的生命和自然事物仿佛有着神秘的关联，因此才能产生对话，失眠之时，人对着月亮思绪起伏，月光便是月之语言。

人之悲欢与月之阴晴，自古以来似乎很难始终成全，因为生命总是蕴含着无常，这是无可奈何的。如果说这句词像一声叹息，那么尾句“但愿人长久，千里共婵娟”，就是叹息之后朝远处望去的目光，有着天涯共此时的温情慰藉，和上阕之感遥相呼应。

对月兴思，黑夜中至高点的光亮处，像灯塔为远航人导路，月的光华也启迪着一代又一代人间旅客们。苏轼读出来的月之清辉，是豁达的，也是开阔的，也让读者心中萌生出人情，仿佛浸润在月光里，呼吸着月光释放出的如拥抱一般的温暖。

何夜无月？何夜无月光？不要吝啬你的目光，不要弓背埋头。仰望月亮，沐浴在月光里，去寻求一段对话。邀月酌酒，当其为知己，任他阴晴圆缺。

卷二

相思·挚情·人生若只如初见

遥望千山暮雪：
问世间，情为何物，直教生死相许

摸鱼儿·雁丘词

问世间，情为何物，直教生死相许？
天南地北双飞客，老翅几回寒暑。
欢乐趣，离别苦，就中更有痴儿女。
君应有语：渺万里层云，千山暮雪，只影向谁去？
横汾路，寂寞当年箫鼓，荒烟依旧平楚。
招魂楚些何嗟及，山鬼暗啼风雨。
天也妒，未信与，莺儿燕子俱黄土。
千秋万古，为留待骚人，狂歌痛饮，来访雁丘处。

爱是世间永恒的主题。有一场有始有终、“执子之手，死生契阔”的爱情，当然是幸福又幸运的。然而福祸相依，风云难料，所以有“人有悲欢离合，月有阴晴圆缺，此事古难全”的感慨。世间事太难预料，战争、征程、流亡、死亡、久无音讯、变心……离恨天上薄命司，阻碍一场爱情天长地久的墙往往比见证一场爱情天荒地老的墙出现得更容易。

每每遇到情路坎坷的时候，或者谈及古往今来饱受爱情与相思之苦的痴男怨女，我们往往慨叹“问世间，情为何物，直教生死相许”。元好问的这首词，将男女之间百思不得其解的一个问题直白地问了出来，从而成了爱之切痛之深的一句代名词。元好问的这一阕词俨然已经是深爱的人的一句口号，一个信条。

诗人一开篇就在质问，“情”究竟是什么，让人生生死死都难以割舍？这种不加一点儿铺垫的直白看似有些无理，却道出了世人心中最纠结、最百转千回的一个没有答案的谜题。

“天南地北双飞客，老翅几回寒暑。”说来有趣，这首词开篇即问情，直接吟咏的却不是世上男女，而是“雁丘”。此间另有一个传奇的故事。据说诗人当初赶考途中遇到一个猎人，告诉他今天猎到了两只雁很有趣。这对大雁中一只落入他布下的罗网后，另一只逃脱的没有飞走，而是在上空盘旋悲鸣良久，最后投石而死。

捕猎者觉得新奇有趣，诗人听到这个故事后，却感触良深地买下这两只大雁，葬于水边，并对它们的坟冢起名作“雁丘”。这颇有点黛玉葬花的纤细伤怀，却并不叫人别扭反感。

这个故事打动诗人继而让诗人写下这首打动我们的词的原因，盖是这对大雁与世间痴情的男女没有什么不同。“欢乐趣，离别苦，就中更有痴儿女。”诗人借着大雁看到的是对爱的至死不渝，我们通过词句读到的亦是天涯海角誓死相随的忠烈。

“君应有语：渺万里层云，千山暮雪，只影向谁去？横汾路，寂寞当年箫鼓，荒烟依旧平楚。招魂楚些何嗟及，山鬼暗啼风雨。”深情的爱侣共同经历了“几回寒暑”的风风雨雨，万里层云，千山暮雪都是曾经同游的，此刻只剩下一个形单影只，让我往哪里去呢。我那么想念你，寻遍天地间，却只看到曾经繁华的横汾旧路都是一片荒凉状貌，我的心里也是一般的凄凉。“闻说海外有仙山”，但离去了就是离去了，即使招魂又怎么能真的让你回到我身边呢。

“天也妒，未信与，莺儿燕子俱黄土。千秋万古，为留待骚人，狂歌痛饮，来访雁丘处。”这是天妒深情吧，莺莺燕燕哪怕再热闹欢快也终会归于一抔黄土，诗人说，我写下这首诗，是要让后来的人都记得，会到这里来寻访这对痴情的大雁埋骨之处。

一座石头垒成的小小雁冢真的能让千秋万代的迁客骚人来寻访吗？不会的，它太小，太轻了，过不了两年一定消失不见，像从未出现在茫茫大地上。诗人为何有底气说出如此豪迈的言语？盖因人们狂歌痛饮追寻缅怀的雁丘已不是汾水边的雁丘了，“伤心人自有怀抱”，痴情人心中往往就有一座自己的雁丘。

如同情是何物依旧没有一个确切的答案，千百年来痴男怨女们却前赴后继地坠入情网，穷其一生寻求着这个答案，有些似乎找到了，有些或许没有。不要紧，那生生死死追寻的路途上有最美的风景，看过了才不枉一生。

情深梦邈远：
两情若是久长时，又岂在朝朝暮暮

鹊桥仙

纤云弄巧，飞星传恨，银汉迢迢暗度。
金风玉露一相逢，便胜却人间无数。
柔情似水，佳期如梦，忍顾鹊桥归路。
两情若是久长时，又岂在朝朝暮暮！

浩瀚五千年中华文明史，留下了许多奇闻趣事，关于爱情的传说尤为动人，它们在民间一代代流传，又在墨客骚人的笔下一次次浮现，却又永远都那样鲜活，每次的相逢都给人以不亚于初见时的感动。

说到情深不渝却又被阻挠的故事，牛郎织女怕是最为熟知的吧。一条银河隔开了两个遥遥相望的星辰，即使少不更事时跟随家中的长辈在漫天星斗中寻找辨识它们，也觉得是一件浪漫的事情，况且其间又有那样一个苦苦相守却难以相见的凄美故事。

历来写牛郎织女的诗文不少。如杜甫“牵牛出河西，织女处其东。万古永相望，七夕谁见同”的哀怜；杜牧“天阶夜色凉如水，卧看牵牛织女星”的凄清。宋词中对这个故事最意韵绵长，婉转动人的描绘，当数秦观这首脍炙人口的《鹊桥仙》。

秦观被奉为婉约派一代词宗，词风含蓄隐丽，笔触精致柔婉，用典变化、遣词造句无不经过推敲凝练，从而写出朦胧清幽的意境，正所谓“淮海即好丽字，触目琳琅”。“纤云弄巧，飞星传恨，银汉迢迢暗度。”七夕是乞巧的节日，传说少女们向织女祷祝能够让自己变得手巧。

那一朵朵的云都是织女巧手织出来的，而那漫天的闪烁着的星星却仿佛都在诉说着他们的离愁别恨。巧字与恨字的对比加深了惆怅。“银汉迢迢”，那么宽的银河横亘在我们之间难以跨越，只有这一夜可以偷偷地会面，“暗渡”将两人相会的艰难写得婉转。

金风玉露是秋日胜景，在表达了对银汉迢迢、苦苦相守的怅恨后，诗人笔锋一转，写到相会时的喜悦。无论是多么艰辛的一年等待、多么急切的两岸煎熬、多么哀愁的思君不见，到了初秋七月，那风和雨都显得纯净温柔起来的时候，鹊桥渐成，久别的人儿啊终于有了一次难得的相逢。就是这短暂的相逢，胜过了一切人间的喜乐。

久别不成欢，相顾泪涟涟。在难得的相见里应该说些什么呢？别后的艰辛，此时的欢聚，不只是牛郎织女，世间男女都是一样的，有千言万语要同你说，有千头万绪要与你分享，却又舍不得每一分、每一秒这珍贵美好的时光。

何况相逢是短暂的，紧接着又是别离。“柔情似水，佳期如梦，忍顾鹊桥归路”，喜鹊归巢，鹊桥消散，银河依然无情地闪着银光。同样的一条鹊桥路，来时恨不能快一点儿，再快一点儿，早一点儿让我看到你的容颜，在这短暂的相会后，沿着鹊桥返回的那条路却叫人不忍回看。那一刻的柔情还在心间流淌，别离后的那一幕幕却已如梦般美好却遥远。

那么漫长的等待换来那么短暂的一瞬相逢，此后还要忍受遥遥看不到尽头的煎熬。多么残忍的命运！这不仅是传说中的牛郎织女的惆怅，更是每个在奋力走向美好爱情之路上的人难免要面对的现实阻挠。

每一种障碍都像银河里泛起的滔滔巨浪，劈头盖脸地冲向你，冰冷的浪头打到那颗渴望爱情的火热的心上。

既然爱得如此辛苦、如此艰难，是不是就该在经历了挫败后灰头土脸地放弃，接受命运的安排呢？诗人最后却评论这段爱情说“两情若是久长时，又岂在朝朝暮暮”，是啊，吹尽狂沙始到金，一段感情若是足够坚韧，短暂的别离，此际的重山阻隔算得了什么呢？终有一天，两颗坚定的心会守得云开见月明，走到那光明的结局。

秦观用一首词再次生动描绘了牛郎织女的爱情传说，笔触又不仅局限于一个故事，同时也细腻地写出了世间男女久别难逢的种种心思，并提出了自己的爱情观。这首词因此不衰不朽，千百年来都鼓舞着情路坎坷却依然满怀希望的人们，坚持自己对爱情的执着。

爱不是朝朝暮暮那短暂的激情，爱是耐得住恒久的寂寞，不为情路阻隔叹息颓丧。爱是即使不在你的身边，也始终初心不变地坚定着对你的信念；爱是相信千山万水走过，我们终有一天会坐在一起笑看共同努力过的美好岁月，无怨无悔。

好梦寻难成：

枕前泪共阶前雨，隔个窗儿滴到明

鹧鸪天·别情

玉惨花愁出凤城，莲花楼下柳青青。
尊前一唱阳关曲，别个人人第五程。
寻好梦，梦难成。
有谁知我此时情。
枕前泪共阶前雨，隔个窗儿滴到明。

流落风尘的女子，极难真的有一个完满又安稳的结局。除过红拂这样胆大肯赌的女中豪杰终于为自己赢得了一个辉煌的前程，况且那样的际遇，还得逢着乱世，逢着英雄恰恰落魄时那聪明的慧眼识珠，这其间偶然太多了。也有绿珠这样成为男人们相争的筹码，最终如落花飘零的。更多地，在夜深人静里思量自己无着的命运，等待着一个也许明天就有，也许永远不会来的命运垂青。这样说来，聂胜琼的确是幸运的。

聂胜琼的故事见于《青泥莲花记》。“李之问仪曹解长安幕，诣京师改秩。都下聂胜琼，名倡也，质性慧黠，公见而喜之。”一个是都下名妓，美丽聪慧；一个是任期将满，待命京中，才子佳人两相悦之，也是自然而然的事了。

就这样两人一起度过了一段风光旖旎的都下好时光。但李之问毕竟是暂留京中，任命一下来就要走了，聂胜琼万千不舍，在莲花楼设酒长歌以饯行，其中有“无计留春住，奈何无计随公去”的句子，情深意切，悲不自胜。李之问心有不忍便又留了月余。

别离多，欢聚少。李夫人见丈夫久去不归便来催。一面要去赴任，一面要应对家中繁杂的事务，这次李之问真的要走了。聂胜琼送别了李之问，想到此一别就不知是否还有相会时，深情与悲哀涌上心头，写下了这首《鹧鸪天》，差人送予情郎。

“玉惨花愁出凤城，莲花楼下柳青青。”终于到了别离的这一刻，我送你离去时春色正好，而在我的眼里那一幢幢的高楼都透露出惨白的阴冷，那一朵朵花都是哀矜的愁容。莲花楼下杨柳青青，却仿佛提醒着我正是在这里，我要折柳送你远去。

唱不尽阳关曲里别离声。词人借着曲声问道，王维讲“西出阳关无故人”，那么你呢？你离开汴梁回到你的故里，还会记得曾经有过我这么一个故人在远处为你的离去暗自神伤吗？我送了你一程又一程，多么舍不得分别啊，但又不能不分别。

“寻好梦，梦难成。有谁知我此时情。”别时哀愁，别后相思。你已经走了，我想着只有在梦里才能见到你吧，然而辗转反侧难以入眠，此时此刻有谁知道我满心都是对你的思念呢。“枕前泪共阶前雨，隔个窗儿滴到明。”窗外响起淅淅沥沥的雨声，想着或许再也见不到的那个人，我不禁也黯然泪下，恍惚间发现天亮了，又一个没有你的黎明到来了。

词写得平白易懂，一字一句间都是诚挚的相思意。李之问在路上得到了这首词，十分感动，却又只能无奈地将它藏在箱笼里带回。聂胜琼或许没有想到，这首词成了她一生命运的转机。

李夫人是个聪颖的女子，她看到丈夫归来后似有心事，偶然间看到箱子里藏着的诗稿，竟十分赞赏词句间流露的才气与深情，不但不嫉妒愤恨，反而做主将聂胜琼娶了回来。聂胜琼嫁入李家后，一改此前浓妆艳抹的风尘模样，“委曲以事主母，终身和悦，无少间焉”，表现出了一个女子久经风尘却并不褪色的温良与美好。

聂胜琼是幸运的，她用一个女子的深情打动了另一个善良聪慧的女子，为自己的感情换得了一份相守。在漫长的古代社会里，女子的地位实在太低了，风尘中人活得尤其艰难。

一面间男人们总是忍不住要有个红颜知已，一面又写着道学文章用伦理纲常来贬斥她们。所谓名妓有时似乎活得更为张扬肆意，浓墨重彩地在世上走了一遭。

然而从“易求无价宝，难得有情郎”到柳如是、董小宛她们，艳帜高张之下都只是一颗柔软的心。才名艳名再盛，想要的却只是一个懂得自己体贴自己的知己，一份细水长流的感情。

物是人非烟雨空：
重来故人不见，但依然、杨柳小楼东

木兰花慢

莺啼啼不尽，任燕语、语难通。
这一点闲愁，十年不断，恼乱春风。
重来故人不见，但依然、杨柳小楼东。
记得同题粉壁，而今壁破无踪。
兰皋新涨绿溶溶。流恨落花红。
念着破春衫，当时送别，灯下裁缝。
相思谩然自苦，算云烟、过眼总成空。
落日楚天无际，凭栏目送飞鸿。

戴复古是南宋著名的江湖诗派的代表人物，其诗多写世事人情，清健轻快，无斧凿痕。《〈石屏集〉序》说他“负奇尚气，慷慨不羁”。的确，读戴复古诗词，常常有一种开阔豪迈之感。然而《蕙风词话》里却说“石屏词往往作豪放语……绵丽是其本色”。

不同于普遍把他当作江湖诗人归入豪放词风的看法，在况周颐看来戴复古真正擅长的是绵丽工长的词句。那么这一说法有什么佐证呢？大约就是这首《木兰花慢》最能体现这一特点。而这背后又有一个哀婉的故事。

这首词一起笔便有了哀愁的基调。“莺啼啼不尽”，诗文中莺声啼叫多是衬出愁怨的，如“打起黄莺儿，莫教枝上啼”的思妇别愁，“隔叶黄鹂空好音”的今古愁思。莺莺燕燕啼鸣着春日气息，落在人耳中应该是欢快愉悦的吧，诗人听到了却只觉“语难通”，颇有一切春日的热闹都是别人的，而自己什么也没有之感。

“这一点闲愁，十年不断，恼乱春风。”一点闲愁竟有如此巨大的力量。若是一般的闲愁，怎会十年不断呢？可见愁思并非如诗人所言仅仅是“一点闲愁”，而是一种很浓厚的惆怅。这惆怅缘何而起呢？诗人接下来便告诉我们，是因为“重来故人不见”。诗人十年后旧地重游，只见旧时小楼寂寂空立，杨柳依旧在春风中婀娜摇曳，那人已永远地不在那里了。

戴复古与许多江湖诗人一样，不入朝为官，漂泊江湖，四海为家。

他曾三次出游，在外漂泊四十年之久。在云游的过程中，他遇到了那个永宁女子。这女子并没有留下姓名，只知道她嫁给戴复古为妻，一般都被称作戴复古妻。这是一个天资聪颖、颇有才华的女子，然而命运却跟她开起了玩笑。

正如她自己诗中所写“缘尽今生，此身已轻许”。本以为嫁得有情郎，彼此琴瑟相合，诗文相和，这一生的岁月可以如此安稳度过。却不料出嫁三年后，丈夫却说自己要走了。离开的原因是那么的残酷，难以置信地看着他说出曾有过婚配的话，现在他要回到他真正的家里。

连女子的父亲听了都忍不住勃然大怒，千挑万选的佳婿竟如此薄情，随随便便就抛弃自己毫无过错的女儿，怎叫人不愤怒？女子闻言是什么反应呢？出乎意料，她没有哭闹，而是婉言劝阻父亲，且以所有妆奁赠夫相别。

“惜多才，怜薄命，无计可留汝。”既然留不住，只好放他去了。大约也是有不舍的，但他终于走了。而她不久便慷慨赴死。

十年后诗人又回到这里，看着杨柳小楼，怀念起当初，“记得同题粉壁，而今壁破无踪。”曾一起粉壁题字，但如今已是断壁颓垣，写下的诗句也不复存在了。“壁破”二字显示出人物两相非的无限哀痛。简单的句子将二人曾经恩爱自在的生活和现在对方香魂已去，自己重访旧地的孤独与荒凉对比，显出无限的哀痛。

春水新涨，一片碧绿。在诗人眼里，春水似乎都恨起翩然的落红。春水无情怎么懂得爱恨呢，真正憾恨的恐怕是看着这春水悠悠带走片片落红的人吧。见花落随水逐渐没了影踪，诗人的思绪又流回当年。临别时，她分明知道他此去的含意，却依然在昏黄的灯下一针一线地缝着他路上穿的衣服，每一个针脚里都是不舍与哀思。如今诗人想起当初认真制衣的妻子，无限相思都涌上心头，却只是谩然自苦，过往的一切都已是云烟，都永远地远去了。

戴复古的妻子是个有才华的女子，在诀别时她曾对他说“后回君若重来，不相忘处，把杯酒，浇奴坟土”，是已有了赴死的决心。如今他真的回来了，旧景新坟，一杯薄酒祭奠了当年粉壁题诗的岁月。

不能相忘，却又无处相寻，他能做的只有待薄暮将至，凭栏遥望，盼着远去的飞鸿能将自己的一点儿思念带给另一个世界的她。

沧桑后顿悟：
蓦然回首，那人却在，灯火阑珊处

青玉案·元夕

东风夜放花千树。
更吹落、星如雨。
宝马雕车香满路。
凤箫声动，玉壶光转，一夜鱼龙舞。
蛾儿雪柳黄金缕。
笑语盈盈暗香去。
众里寻他千百度。
蓦然回首，那人却在，灯火阑珊处。

作为苏轼之后豪放词风第一人，每每提及辛弃疾，就不免想到《破阵子》中“醉里挑灯看剑，梦回吹角连营”的豪气冲云天，抑或是《永遇乐》中“廉颇老矣，尚能饭否”的英雄暮年仍旧壮心不已，再或者《水龙吟》中“把吴钩看了，栏杆拍遍，无人会，登临意”的郁郁不得志的家国悲慨。辛弃疾少年英雄，一路杀出重围南归，无奈南宋偏安一隅，空有满腔的用兵奇策，却只能在南方做个闲差。

故土遥望，收不回，归难去，故而满腔的苦闷都在诗词里汇聚成了一种失意英雄的悲壮沉郁风格。但作为一个优秀的作者，他的词风仍然是多变的，遍翻《稼轩词》，我们能看到数目不算多的那些清新、婉约的词作仍然有着不低的水准。

这首《青玉案·元夕》是辛词中不多见的吟咏男女之情的作品，也是辛弃疾婉约词风的代表作之一。词写诗人在元夕夜四处寻遍对“那人”的执着追求，有说此词别有兴寄，但作为一首单纯的相思词作来看，也是分外细腻动人的。

词上阕写元夜家家户户赏花灯的繁华热闹景象，写满街都是嘈杂市声，像白日一样辉煌明亮又热闹非凡的夜晚。“东风夜放花千树，更吹落、星如雨。”岑参写雪“忽如一夜春风来，千树万树梨花开”，被称颂百年不息。辛弃疾写烟花的比喻却也毫不逊色，像是春风忽来，漫天的烟花如同万千树花朵同时绽放一样夺目。

而这光彩夺目的绚烂只在那一瞬后就悄然归于黑暗寂静，不是像极了漫天璀璨星辰被同一阵风摇落，只剩下寂寥的天空吗？十三个字，两处比喻，将烟花绽放的过程描写得淋漓尽致。“宝马雕车香满路。凤箫声动，玉壶光转，一夜鱼龙舞。”人来人往，车马交错，耳畔不知何处的乐声飞扬，眼底光华流转，彩灯夺目。美好的季节，盛大的集会，人世的热络与欢愉都在这一刻潮水般涌现。

上阕只写耳闻目睹的繁华景象，若仅仅如此便只是堆砌出一首太平盛世的颂德辞章。但下阕却终于正题，笔墨轻轻流转，写人、写情，写那一腔不绝的幽思。在这一派和谐安好，热闹辉煌后，“我”又有着怎样的心思呢？

“蛾儿雪柳黄金缕，笑语盈盈暗香去”是美丽动人的。除却这三五之夜，其余时候女孩子们都深居在重门闺阁中，哪能轻易见到这般佳人如云的绮丽场面呢。赏灯的女子妆容精致、衣饰繁复，笑嘻嘻簇拥着从身边走过。多少匆匆而过的游人在衣香鬓影间飘飘然几于醉倒。

但是纵然置身万花丛中，我的心思却无法如彩蝶翩翩落在她们的身影上，我的心已在别处，固执地追寻。此时怅然寻找却遍寻不到的我，大约有一点儿“热闹是他们的，我什么也没有”的疏离与孤独感。

诗人在人群中苦苦地寻觅着，来来回回，几度欢欣又失落。夜色渐渐地浓重，游人打着哈欠离开市集，热闹的夜晚即将结束。就在他有些心灰意冷又有些不甘心的时候一个偶然的回头，却发现那个人就那样静静地站在身后，站在最后一阵灿烂的灯火里望着自己。

爱上一个人是容易的。但究竟如何才能好好地爱一个人，这是多少年来永无定数的一个问题。

年少时往往想得简单，以为爱一个人就是要“红烛昏罗帐”的结果，以为是“烂嚼红茸，笑向檀郎唾”的肆无忌惮。那都是好的，但往往不是终点。在爱的漫漫征程中，费尽思量，直到风霜历尽，才恍然大悟，“蓦然回首，那人却在，灯火阑珊处”，最好的爱不是绞尽脑汁步步为营算计来的，最好的爱是，你一回头就能看到那个人在你身后对着你笑。背景是满城辉煌的灯火，但她望向你时的笑容是最灿烂的。

卷三

伤春·空叹·无边丝雨细如愁

疏淡闲雅意：
无可奈何花落去，似曾相识燕归来

浣溪沙·一曲新词酒一杯

一曲新词酒一杯，去年天气旧亭台。
夕阳西下几时回？
无可奈何花落去，似曾相识燕归来。
小园香径独徘徊。

（一）

这首词是晏殊的名作之一，基本上代表了晏殊的艺术风格。收录于他的词集《珠玉词》，名字起得可谓恰如其分。珠玉，像珠圆转、似玉晶莹，用以形容晏殊的词，再没有比这个更合适。王灼也在《碧鸡漫志》中这样称赞他："晏元献公长短句，风流蕴藉，一时莫及，而温润秀洁，亦无其比。"

词如其人，人亦如其词。晏殊的《珠玉词》，没有大悲大喜的情感起伏，也没有大起大落的人生经历，正如他的一生，顺风顺水，少有波澜。相比于其他在仕途之路上跌跌撞撞、郁郁不得志的一些诗人来说，晏殊是极其幸运的，年少时便有过人之处，有"神童"之称，被举荐之后更是平步青云，深得皇帝赏识，多年身居要职。但是少年得志并没有使他养成骄纵不羁的性子，性格温和的他深知平淡真味，为人谦逊，平易近人，唯贤是举，范仲淹、王安石等均出自其门下，这也是他久居官场却能长盛不衰的生存之道。

常人是无法拥有这般闲情逸致的。诚如王公士大夫，不用考虑生机压迫，仕途升迁，才会有这般雅兴。在这首词里，我们虽觉察出一丝遗憾，却并不消极，明为怀人，而通体不着一怀人之语，极为高明。

无可奈何花落去，似曾相识燕归来。这一联基本上用虚字构成。用实字作成对子比较容易，而运用虚词就不那么容易了。所以卓人月在《词统》中论及此联时，说“实处易工，虚处难工，对法之妙无两”。钱锺书在《谈艺录》中也说，所谓“律之对仗，乃撮合语言，配成眷属。愈能使不类为类，愈见诗人心手之妙”。

无可奈何什么呢？花落自然是要惜的，惜落花便不免惜春，想到这样好的光景也即将逝去，又怎能不感伤呢？然而，纵有无可奈何，却也有些许欣慰的，因为这样的光景却还是有些似曾相识的。燕子秋天南去，春来北归，不违时节。它们差池双翦，贴地争飞，呢喃对语，谁也难以分辨出其是否旧巢双燕。燕子北来南去，季节变换，年华交替，彼时与我同赏这景致的人又在哪里呢？花落去，燕归来，年轮流转，而人生便在这无穷无尽的交替中渐渐衰老直至消失。而今却只有我孤身一人，小园香径，独自徘徊。

（二）

“无可奈何花落去，似曾相识燕归来。”

关于此联的由来，相传还有一个传说：一次，晏殊来到维扬，住在大明寺中。他转来看去，忽然发现墙上有一首诗写得很好，可惜没有作者的姓名。晏殊跑进跑出，问个不停，终于打听到这首诗的作者名叫王琪，家就在大明寺附近。由于晏殊从诗句中发现王琪文学修养较高，很会写诗，所以，他立即决定要把王琪请来，一同探讨诗文。

王琪来了以后，发现晏殊善于赏诗论文，态度还很谦虚；晏殊见王琪性格开朗，言谈投机，又请王琪入席用餐。二人边吃边谈，心情特别舒畅。饭后，又一同到池边游玩。晏殊望着晚春落花，随口说道：“我想了个诗句写在墙上，已经想了一年，还是对不出来。”那个句子是：无可奈何花落去。王琪思索了一下，不慌不忙地对道：似曾相识燕归来。这一对句不但在词面上对得契合时宜，很有特点，而且在含意上使二人的思想感情如挚友重逢，一见如故。这怎能不使人格外高兴？因此，晏殊一听，急忙称好。

传说未必可信，却也令人心驰神往。

（二）

穿越千年的现代，少了吟诗唱和的风雅，惺惺相惜的体恤，多的是行色匆匆的过客，相见不语，似陌路人。也不知维扬春日，大明寺中，是否早已湮没了晏殊当日遗留下足迹，也走失了那吟诗作对、一见如故的情意。

花已不是彼年的花，燕也不是彼年的燕，而人，更非彼年的人。我们只能从大抵相同的情境里，感受这穿越千年的细致感动。某个暮春的傍晚，抬头看看晚天，没有新词，没有浊酒，没有故人，留不住的开败的花，难忘怀归来的燕，和似乎日久不变的斜阳，会否让你感觉这一幕似曾相识。

我们好像在哪里见过，好像是在这里，又好像不是在这里，那么，也许是在穿越千年的过去吧。

轻舟载不动愁：
物是人非事事休，欲语泪先流

武陵春·春晚

风住尘香花已尽，日晚倦梳头。
物是人非事事休，欲语泪先流。
闻说双溪春尚好，也拟泛轻舟。
只恐双溪舴艋舟，载不动许多愁。

（一）

没有风，也没有花香，只有孤独的一个人在自己的屋子里。日头已经很晚了，依然坐在梳妆台前面，不想打扮。女为悦己者容，而今悦己者已去，即便这般梳妆打扮又给谁看呢？眼前的一切都是那么的熟悉，但是熟悉的人却永远不可能再出现，坐在梳妆台前，看着镜子里边的自己，想到在以前的时候，也许镜子里这个时候应该映出的是两个人的笑脸，但永远只剩下她一个人孤独地面对着自己的满面愁容，思及此，又怎能不“欲语泪先流”？张嘴好像想要说什么，还没有说出来，眼泪已湿了衣裳。

伤心往事难回首。最难回首，是回忆尽是美好，而今物是人非。还是出去走走吧，听说双溪的春天到了，打算泛一只小舟，荡漾湖心，却又怕双溪的小舟太小啦，载不动我这许多的情愁。这样的一副心境，这样年年岁岁积累起来的，难以释怀的、沉重的心情，小小的舴艋舟怎么能载得动呢？

昔日两人行，而今形只影单。再加之这中间这么多年的沧桑与变故，又岂是三言两语能说得清的？

（二）

遇到赵明诚的那一年，李清照十七岁。初相见，相见欢。“和羞走，倚门回首，却把青梅嗅。”彼时郎才女貌，生如夏花。她不紧不慢地将那个男人攥在手心里，不需要用任何手段，只需一颗明净的慧心。这是只有赵明诚与她自己才能了解的默契，仿佛是前世宿命的约定。这一生，他们十指相扣，佳偶天成。

新婚燕尔，二人情浓娇嗔。虽然赵明诚贵为当朝高官赵挺之的三公子，但丝毫没有不学无术的纨绔之气，且才华横溢，又十分热爱寻访收集前朝的金石碑刻和文物字画。在李清照嫁与赵明诚之后，夫妻两人便共同致力于金石碑刻和文物字画的寻索收藏事宜。但这不是果。它是脆弱的始，映照了多年后脆弱的末。所谓“浮槎来去，福祸相依”，小爱敌不过大乱。元祐党争的霍乱蔓延到这对新婚燕尔的情人身上，脉脉温情渐次嶙峋，不免分离。

兜兜转转聚少离多，又逢靖康之变，国难当头。李清照被迫南渡，而后不久，重新走上仕途的赵明诚却染上疟疾，病逝于建康。

赵明诚死后，李清照携赵明诚生前与自己收集的文物字画独自辗转，流离颠沛。此时，李清照的第二任丈夫张汝舟出现了。他百般殷勤，费尽心机，然而虚情假意怎能禁得起时间的考验，当他得知李清照手里的文物只剩寥寥并且他丝毫不被赋予接近的机会时，他终究摘下面具，变成一只豺狼。

她当然不是寻常女子。她用来应对这一切匪夷所思的灾难的方式震惊旧时人：离婚。公堂之上，她丝毫不惧牢狱之灾。清者自清，浊者自浊。最终因张汝舟人品低贱，曾舞弊入官，历史不洁，李清照弟弟李迒借机将他罪行揭露，张汝舟被除名流放到柳州编管。九日之后，李清照便离开囚牢。于此，这一段“再嫁”的羞耻难事告终。

她不惊不悲，不哭不闹。安安静静妥妥当当地将这一切摊开在日光之下。如此，她重回到属于她自己的洁净世界。

再后来是安稳。再后来的后来是寂静。她承言继志，她后序金石。总结自己与赵明诚的半生缘，总结自己颠沛流离的一辈子。这便是她的夕阳岁月，是只属于她自己的桑榆暮景。物是人非事事休，欲语泪先流。莫道不销魂？

（三）

若是不曾遇见，也就不会有这么多的苦痛了吧；若是不那么认真，也就不会难以放下了吧；若是恩爱情愁都可化了酒，权且当游戏一场，也就不会有今日这么浓重的愁思了吧。可是，故事的开头就是这样书写的，若不是曾经遇见，也便不会有那么多美丽的回忆，赌书消得泼茶香，伉俪情深；若不是曾经遇见，我又怎会知晓，这世界上还有这样一个你，与我情投意合，心心相惜；若不是曾经遇见，大概也不会有今日的你，今日的我，其间种种，都将因错过而幻灭，你我，终究是不完整的。

而今，纵使这情愁万般，这般不得释怀，也都是因为你。所以，多么幸运，让我遇见你，在我人生最美丽的时候。一见明诚误终身，从此，不管在我生命中有多少过客匆匆，有多少水尽山穷，我只爱你，只爱过你。因为，你是我命中那不可承受之重；因为，你是我一生最不愿将就的将就，遇见你，于万千人中，我再不愿将我的杯倾与他人，从此，我的杯只愿为你而倾。

若问闲情都几许：
一川烟草，满城风絮，梅子黄时雨

青玉案

凌波不过横塘路，但目送、芳尘去。
锦瑟华年谁与度？
月桥花院，琐窗朱户，只有春知处。
飞云冉冉蘅皋暮，彩笔新题断肠句。
试问闲愁都几许？
一川烟草，满城风絮，梅子黄时雨。

【〇六三】

（一）

他是狂放不羁的少年，意气风发时，高歌“推翘勇，矜豪纵。轻盖拥，联飞鞚，斗城东。轰饮酒垆，春色浮寒瓮，吸海垂虹。闲呼鹰嗾犬，白羽摘雕弓”，他也是温柔多情的男子，情之所至，浅吟“凌波不过横塘路，但目送、芳尘去。锦瑟华年谁与度？”

再是刚硬的性格，也有他柔软的地方，我们不曾知晓，在贺铸耿介高傲的性格背后，是否有着不同寻常的柔软之处，但我们知道，她，一定是他此生最温柔的时光。纵使佳人不识，纵使她从未到过他的横塘。

她去了哪里呢？凌波微步，却从未踏入我居住的横塘，只能远远地、远远地目送她像芳尘一般离去。她这样的锦瑟年华，又是与谁共度呢？是月下桥边的花园里，还是花窗朱门大户下，大概只有春风知道吧。飘飞的云彩舒卷自如，城郊日色将暮，我挥起彩笔刚刚写下断肠的诗句。若问我的愁情究竟有几许？就像那一望无垠的烟草，满城翻飞的柳絮，梅子黄时的绵绵细雨。

情不知所起，一往而深。若说是哪里动了情，谁也说不清。或许是她轻盈的脚步无意扣动了心弦，或许是袅娜的背影似云烟一抹遮蔽了双眼，或许是明媚的双眸勾动眼波流转，或许是巧笑倩兮记忆犹新。不清楚是哪一点，让人倾心，正如这世上总少不了一见倾心的邂逅，遇见了，便不在乎是哪里让人倾心，总觉得一切都是好的。一颦一笑，都是完美。

然而落花有情，流水无意，佳人难得。纵使万般痴情，佳人却不知我日日在横塘等待着她，只能这样心心念念地想着，盼望着，盼望她有一日路过我的横塘，盼望着她能见到我，也能感受到我的一丝情意。

一日，两日，三日……日日。佳人没有来，每日思索着：她过着怎样的生活呢？在我等待她的那些时光里，她又是如何消遣的呢？有太多种可能了，寻思不得，内心便有了愁思。是闲愁，也是情愁。来得零零落落，满满当当，像一川烟草，像满城风絮，像梅子黄时雨，弥漫心间，无法消散。

（二）

如果单单认为这是写美人，此情可鉴。但在贺铸笔下，不见得仅仅只是写美人。屈原《离骚》有云，“惟草木之零落兮，恐美人之迟暮”，便是希望自己能在剩余的时光里能被委以重任，一展宏图。贺铸的心情，比之当日屈原，大抵相同。

贺铸出身于外戚之家，又娶宗室之女，却因个性倔强，颇得罪了一些人，一直当不了高官。一生沉抑下僚，怀才不遇，只做过些右班殿臣、监军器库门、临城酒税之类的小官，最后以承仪郎致仕。仕途失意，难免多有人生愁绪。而将政治上的不得志隐曲地表达在诗文里，是封建文人的惯用手法。结合贺铸的生平来看，这首诗便也可能有所寄托。

贺铸为人耿直，不媚权贵，“美人”“香草”历来又是高洁之士的象征，因此，作者也有可能以此自比。居住在香草泽畔的美人清冷孤寂，正是作者怀才不遇的形象写照。日日在横塘等待，却等不来皇上的诏命，委以重任，那铺天盖地的愁绪，又如何能言说呢。也只好顾左右而言他，借美人之喻委婉地表达内心的愁思罢了。

（三）

时至今日，人们对这首词依然抱有不同的理解，然而不管怎么看，都是好的。径直把它看作一首情词，抒写的是对美好情感的追求和可望而不可即的怅惘，把它看作一首政治抒情诗，便有了不同的高度，作者借此来遣怀心中仕途不顺的郁闷，也是可以理解的。难能可贵的是，不管从哪个方面理解，我们在读这首诗时，依然感觉“与我心有戚戚焉”，这也许正是这首词具有强大生命力的关键所在吧。

情不知所起，一往而深。对美人，对皇上，都是如此，而一旦用了真心倾注，便又格外不同了些。你悉心等待的，何时才会来？也许今天会来，也许永远不会来。大都是没有定数的事。那么我的心，又如何没有涟漪呢？

无计留春住：
泪眼问花花不语，乱红飞过秋千去

蝶恋花·庭院深深深几许

庭院深深深几许，杨柳堆烟，帘幕无重数。
玉勒雕鞍游冶处，楼高不见章台路。
雨横风狂三月暮，门掩黄昏，无计留春住。
泪眼问花花不语，乱红飞过秋千去。

（一）

庭院深深，深几许，于提问中含有怨艾之情，本是意境之中的美景，到这里，却有些不耐烦了，这庭院，为何要这么深呢？“堆烟”状院中之静，衬人之孤独寡欢，“杨柳堆烟”，本是寂静欢喜之景，却也不免心生寂寥。庭院深深，帘幕重重，孑然一身，行于其间，也便愈加觉得这庭院更深，帘幕更多，闺阁之幽深封闭，不见天日。秦观《踏莎行》“驿寄梅花，鱼传尺素，砌成此恨无重数”，与此同义。一句“无重数”，便知怨念也如帘幕。深深庭院中，帘幕重重后，锦绣青春年华，生于其中，却如同禁锢，心中怨便愈发多了几分。

“玉勒雕鞍游冶处，楼高不见章台路”。此时女子正独处高楼，目光正透过重重帘幕，堆堆柳烟，向丈夫经常游冶的地方凝神远望。华车骏马如今在哪里游冶，被高楼挡住，望不到章台路。情人薄幸，冶游不归，又能如何，不过无可奈何叹息罢了。

暮春三月，风狂雨骤，时近黄昏，掩起门户，却没有办法把春光留住。泪眼汪汪问花，花却默默不语，只见散乱的落花飞过秋千去。

韶华空逝，人生易老之痛。春光将逝，年华如水。泪眼问花，又何尝不是含泪自问。花不语，也非回避答案，只是内心不愿面对这样残忍的现实罢了。人与落花同命共苦，此情此状，无语凝噎。“乱红飞过秋千去”，不是比语言更清楚地昭示了她面临的命运吗？乱红飞过青春嬉戏之地而飘去、消逝，正是“无可奈何花落去”也。在泪光盈盈之中，花如人，人如花，最后花、人莫辨，同样难以避免被抛掷遗弃而沦落的命运。

（二）

俞陛云《唐五代两宋词选释》：此词帘深楼迥及“乱红飞过”等句，殆有寄托，不仅送春也。或见《阳春集》。李易安定为六一词。易安云：“此词余极爱之。”乃作“庭院深深”数阕，其声即旧《临江仙》也。毛先舒《古今词论》：永叔词云“泪眼问花花不语，乱红飞过秋千去”，此可谓层深而浑成。何也？因花而有泪，此一层意也；因泪而问花，此一层意也；花竟不语，此一层意也；不但不语，且又乱落，飞过秋千，此一层意也。人愈伤心，花愈恼人，语愈浅而意愈入，又绝无刻画费力之迹，谓非层深而浑成耶？

王国维《人间词话》中说，“一切景语，皆情语也”。深深庭院，人们仿佛看到一颗被禁锢的与世隔绝的心灵。而女主人公的芳年，也将如飘零的花，随风逝去。她想挽留住春天，但风雨无情，留春不住。于是她感到无奈，只好把感情寄托到命运同她一样的花上：“泪眼问花花不语，乱红飞过秋千去。”道是伤春，实为伤己，只是这样的情绪，不便诉于人前，只能自生自灭罢了。

（三）

若是当年恩爱时，这般春景也是好的，乱红飞过秋千，也是别有一番意境。只是而今心上人不在身旁，杨柳堆烟，帘幕重重，越看却越觉得难过，心里有了怨，便生出太多情绪来。当年春景有人共赏，而今心爱的人却不知游冶何方，盼望着，春来春又去，不知君归处，落花又何时。

这样的景色还有人留恋吗？这样的人还有人留恋吗？或许人真是如花一般，年华正盛时，如花般娇艳动人，一定是惹人爱怜的，那时缱绻温情，脉脉情深，无不让人怀念。只是容颜终究会老去，时光不会停驻，流水般逝去的，又怎是时光容颜，还有你对我的情意啊。只是不曾想，也曾山盟海誓，如今却成了空空如许，不曾想，我也会有如花般凋零的时候。

奈何无计留春住，只任乱红飞秋千。我等的良人，他还不归来。

心似落花，情似落花，唯有翩翩，飞过秋千。

酒浇风雨又潇潇：
流光容易把人抛，红了樱桃，绿了芭蕉

一剪梅·舟过吴江

一片春愁待酒浇。江上舟摇，楼上帘招。
秋娘渡与泰娘桥，风又飘飘，雨又萧萧。
何日归家洗客袍？银字笙调，心字香烧。
流光容易把人抛，红了樱桃，绿了芭蕉。

（一）

春日百花齐放，万物复苏，本是惹人喜爱，但也是容易多愁善感的季节，南朝梁元帝便有《春日》诗："春愁春自结，春结讵能申。"可见这春愁本是无端自春而发，自也是无从表达的。既然无处消遣，那只能借酒浇了。然而"借酒浇愁愁更愁"，更何况是羁旅之中。

一叶小舟，飘摇无依。岸上酒帘在飘摇，招揽客人。小船经过令文人骚客遐想不尽的胜景秋娘渡与泰娘桥，却也无心欣赏。眼前是风又飘飘，雨又潇潇，这样的天气已经持续多日了，实在令人烦恼。哪一天才能回家洗客袍，结束客游劳顿的生活呢？哪一天才能和家人团聚在一起，调弄镶有银字的笙，点燃熏炉里有心字的盘香呢？然而春光容易流逝，使人追赶不上，樱桃才红熟，芭蕉又绿了。

流年光景轮转，春去夏又到，赶不上时光匆匆流逝。

然而风也飘飘，雨也潇潇。国也飘飘，家也遥遥。思及故时景象，又怎能不伤感呢？既是国已亡，那家，便是愈加飘摇邈远了。

（二）

作这首词时，正是南宋消亡之初，蒋捷正漂流太湖一带，适逢春日，阴雨连绵，心怀愁绪，思乡同时更感伤国土沦丧，内心惆怅不堪。

一朝天子一朝臣，而今他的国，已变了朝代，朱颜已改；而他的家，在遥远的地方，不知现可安好。深处一叶扁舟之中，思忆旧日热闹繁华，今非昔比，处处都是惹人伤心的景致，处处都是春愁。

平常百姓，所念不过岁月静好，现世安稳。然而即便是这样简单的时光，也是奢侈的。对于深处亡国之伤的蒋捷来说，便更是如此。先有国，而后有家，国家安泰方能佑护万家，百姓安居乐业，免受流离之苦，一旦国亡，百姓便陷入巨大的恐慌之中，惶惶不可终日，何况此时的蒋捷只身一人，漂泊在外，家国两虑，俱是忧思，怎么能不愁呢？

岁月无情，流年追赶。眼见得时光已催红了樱桃，染绿了芭蕉，更是把韶华人生抛在了后头。遥想当年，不免要生出许多别样的情愫来。当初有多少热闹繁华，今日就有多少寂寥苦楚。少年不知愁滋味，以为这时光似流水般，流不尽这青春年少，流不尽大好光景。即便是年轻气盛些，韶光辜负了也便辜负了，不以为意。总以为时日还很长，路途也长，行得慢些，不甚可惜。然而，到了青春不再的时候，才惊觉已错过太多，想要赶一赶，去拾一拾那旧日的好时光，却是不能了。念念旧日好时光，旧日时光虽好，却不易保留，稍纵即逝。

这樱桃一年年红，芭蕉一年年绿，红消翠减，而后又是一年繁盛。草木无情，消长只随时日，也不管人情绪，只知谢了又发，发了又谢。可是人生不过如此，少年过去，便不复再来，时光逝去，年老便会不期而至。再年轻的脸庞终有被岁月摧残的一日，再强健的体魄也终有被年日侵蚀的一天。正如，花有重开日，人无再少年。这一切的一切，念起来又如何不令人伤感惆怅呢？

春愁，倒不如说是触景生情吧。故人思，离人思。既有思虑，必定遗憾。

（三）

唯愿早归家。家中尚有细心等候的妻子，她一定翘首以待，盼望我早日归来吧。这般山河破碎，也不知家里是否还安好，唯愿早日相见，一洗旅途风尘。想必妻子此刻正在吹奏着银字笙，屋内香炉里燃起了心字香，笙管悠悠，青烟袅袅，正待我归去。

何日可归家？归家未可期。可期的，只有这日日不变的飘零，与这江上的风也萧萧，雨也飘飘。

何日可归家？处处离人思。山河破碎，身世飘零，然而似我这样的人有太多了，故国故人，大多都在这世间飘摇无依。

樱桃也罢，芭蕉也罢。红绿都无妨，既然年光留不住，那便珍惜此下吧。

不如早归家，一解离人思。

娇袭一身春愁：
绿杨芳草几时休？泪眼愁肠先已断

木兰花·城上风光莺语乱

城上风光莺语乱，城下烟波春拍岸。
绿杨芳草几时休？泪眼愁肠先已断。
情怀渐觉成衰晚，鸾镜朱颜惊暗换。
昔年多病厌芳尊，今日芳尊惟恐浅。

（一）

城上春光明媚，莺啼燕啭，风光无限；城脚下烟波浩渺、春水拍岸。莺语乱，春景多热闹，可惜景色明丽，心却凄黯。绿杨芳草几时才会衰败，泪眼迷蒙愁肠先寸断。春天来临之后，鸟语花香、春意盎然的景色，都仿佛在搅乱词人的心绪、牵引出词人的愁怨。人生得意之际，面对明媚春光，意气风发，那是一种情景，词人当年在京城高官厚禄时也曾经领略过。相形之下，人生不得意之际的春色，只能牵引出对往日的回忆与留恋，这也就增加了眼前的痛苦。情急之下，不禁无理地责问“绿杨芳草”何时了结，恼人的春天什么时候才能过去呢？纵使是这样的好光景，却也禁不住这样煎熬的心绪，若情是苦的，看着什么样的景，也是苦的。

人到晚年渐觉出美好情怀在衰消，面对鸾镜惊看红颜已暗换。想当年曾因多病害怕举杯，而如今却唯恐酒杯不满。苦愁从何而来？大概是岁月流逝、容颜衰老的缘故吧。每次照镜，都要惊叹容颜衰老的速度，可是又如何解脱呢？剩下唯一的解脱方式只是频频高举酒杯，借酒消愁。然而，只恐“举杯浇愁愁更愁”。还能饮酒，到底是留恋的，对于生，对于功名，对于仕途，这一切，才是愁绪的源头吧。只是，也都不能抛下，也无法释怀罢了。

（二）

打平淡中过，再历平淡，自然不会有多难过，毕竟平淡久了，便也知平淡味真。

打繁华中过，却历平淡，人生的跌宕起伏，心中再怎么都会有些不平吧。

他确实是素来历过繁华的人。他博学，有文采，诗文兼擅，风格清丽。人品虽不足称，但雅好文辞，自称“平生唯好读书，坐则读经史，卧则读小说，上厕则阅小词，盖未尝顷刻释卷也”。如果只是舞文弄墨，一身才学便好了，然而他却对仕途有浓厚的兴趣，一直以未能当上宰相而遗憾，一生仕宦显达，晚年又被贬外放，自然心气不顺。人生之路，何其曲折。

此词是作者晚年谪迁汉东（今湖北随州）时所作。胡仔《苕溪渔隐丛话后集》卷三十九引《侍儿小名录》云：“钱思公（惟演）谪汉东日，撰《玉楼春》词云云，每酒阑歌之则泣下。后阁有白发姬，乃邓王（惟演父俶）歌鬟惊鸿也，遽言：‘先王将薨，预戒挽铎中歌《木兰花》（即《玉楼春》）引绋为送，今相公亦将亡乎？’果薨于随州。邓王旧曲，亦尝有‘帝乡烟雨锁春愁，故国山川空泪眼’之句。”

宋仁宗明道二年，垂帘听政的刘太后死。仁宗随即亲政，并迅速清除刘太后党羽。钱惟演是刘太后的姻亲，自然在劫难逃。九月，他因为擅议宗庙罪而被免除平章事的官职，贬为崇信军节度使，谪居汉东。不久，其子钱暖被罢官，姻亲郭皇后被废。该词就写于这个时期，此时他已自觉政治生命与人生旅途都到了尽头。只能借悼惜春光抒发他无限的迟暮之悲，抒发政治失意的绝望之情。

（三）

人生或许是存在冥冥之中的。命运的齿轮转动，虽然没有定数，却仿佛冥冥之中，自有定数。而一切都有其中的道理，只是我们不得而知，也无从去猜想。

写下这首词后不久，诗人便怅然离世。绿杨芳草几时休，当时怨恨这春天何时是个头，而今，却也不需再多怨念了。没想到，结束得竟然这般早。如果能回头，他会后悔吗？如果知道时日不多，岁月难留，会不会也会再贪恋这样的春光一宿。春光就酒，那也当真是极好的。只是今日，也则难留了。

不知他在合上双眼那一刻，可曾遗憾，还在为一生不曾做宰相而郁郁不平吗？世间功名利禄，到头来，也不过浮云罢了，当年费尽心思追逐的，最终看来，似乎不那么重要了。万事终成空，人去楼空，又有什么是可以带走的？不过虚空。

世事如此，难觅难求，不如自在如风。有诗有酒，也未尝不是乐事一桩。

卷四

乐观·青春·烈士壮志意难平

残花犹盛：
谁道人生无再少？门前流水尚能西

浣溪沙·游蕲水清泉寺

游蕲水清泉寺，寺临兰溪，溪水西流。

山下兰芽短浸溪，松间沙路净无泥，潇潇暮雨子规啼。
谁道人生无再少？门前流水尚能西！休将白发唱黄鸡。

（一）

这首词是宋神宗元丰五年（1082）春三月作者游蕲水清泉寺时所作。蕲水，即今湖北浠水县，距黄州不远。《东坡志林》卷一云："黄州东南三十里为沙湖，亦曰螺师店，予买田其间，因往相田得疾。闻麻桥人庞安常善医而聋，遂往求疗。……疾愈，与之同游清泉寺。寺在蕲水郭门外里许，有王逸少洗笔泉，水极甘，下临兰溪，溪水西流。余作歌云。"这里所指的歌，就是这首词。

公元1079年，北宋王朝发生了一件大事：久负盛名的文坛巨子苏东坡被捕入狱103天后被贬黄州，受其牵连，29位大臣名士遭到惩处：驸马王诜因事先泄密被削除一切官爵；王巩被发配西北；苏辙上本求情而被降职，张方平被罚红铜30斤，司马光、范镇及苏轼的十八个其他朋友，都被各罚红铜20斤。

这就是震惊当时并著称后世的"乌台诗案"。

（二）

东坡年纪轻轻就已经名满天下。刚满十岁，他就写出了传世名篇《黠鼠赋》，二十一岁时参加殿试，文坛盟主欧阳修看了东坡的考卷，"竟喜极汗下"，说"老夫当退让此人，使之出人头地"。欧阳修是何等人物，此话一出，满京都立即家喻户晓。

天子赏识，时人追捧，使得东坡对自己的仕途充满信心：他渴望“致君尧舜”，渴望有朝一日“会挽雕弓如满月，西北望，射天狼”。尤其在密州徐州时，他曾多次在文章中阐发《易经》中“天行健，君子以自强不息”的思想，其锐意进取、济世报国的入世精神十分强劲。捧读东坡当年的策论，其巧于引喻取譬的文风，精于预事料人的思辨，颇似战国时期的纵横游说之士，大有孟轲文章的雄风。然而少年得志，缺少生活历练的他，多少也透出一些轻狂：“有笔头千字，胸中万卷，致君尧舜，此事何难？”

但是，政治毕竟不是做文章，文章中的豪言壮语，往往禁不起现实生活的轻轻一击。“赢得儿童语音好，一年强半在城中”，是指责“青苗法”的有名无实；“东海若知明主意，应教斥卤变桑田”，是反对“农田水利法”，讥刺兴修水利；“岂是闻韶解忘味，尔来三月食无盐”，是讥刺“盐法”行之太急……总之，自己的诗作都是些“讽刺新法”“攻击朝廷”“怨谤君父”的大毒草。

自承罪状如此，苏东坡可谓命悬一线。但是，小人的窃笑尚未闭口，朝廷中就有人挺身而出，为这位才华横溢的诗人求情。赋闲在家的王安石紧急上书宋神宗：“安有圣世而杀才士乎？”重病在床的曹太后也抱病责备宋神宗。这些台前幕后的好人，对挽救苏东坡的命运起了决定性的作用。宋神宗遂下令对苏轼从轻发落，贬其为黄州（今湖北省黄冈）团练副使，但不准擅离该地区，并无权签署公文。这种待遇，其实也就是监视居住。

（三）

谪居黄州，游蕲水清泉寺，见寺临兰溪，溪水西流，心生一些感触，于是写下了这首词。

山下小溪潺湲，岸边的兰草刚刚萌生娇嫩的幼芽。松林间的沙路，仿佛经过清泉冲刷，一尘不染，异常洁净。傍晚细雨潇潇，寺外传来了杜鹃的啼声。这一派画意的光景，涤去官场的恶浊，没有市朝的尘嚣。它优美、洁净、潇洒，充满诗的情趣，春的生机。相比那些是非纷争，钩心斗角，倒不如与这清幽的景色相伴，寂静清欢。

“人生长恨水长东”，光阴犹如昼夜不停的流水，匆匆向东奔驶，一去不可复返，青春对于人只有一次，正如古人所说：“花有重开日，人无再少时。”这是不可抗拒的自然规律。然而，在东坡的眼里，人未始不可以老当益壮。自强不息，往往能焕发出青春的光彩。因此东坡发出令人振奋的议论：“谁道人生无再少？门前流水尚能西！”谁说人老不会再回年少时光呢？你看看，那门前的流水尚能向西奔流呢！所以，不必以白发之身愁唱黄鸡之曲。

谁道人生无再少？纵使今日遭贬谪，然而我壮志未酬，雄心依旧。门前流水尚能西，何况光阴如斯，未来的路还很长。那些自怨自艾的念头，都随风而去吧。

吾心不老，时光奈我何？

怒发冲冠一声吼：
三十功名尘与土，八千里路云和月

满江红·写怀

怒发冲冠，凭栏处、潇潇雨歇。
抬望眼，仰天长啸，壮怀激烈。
三十功名尘与土，八千里路云和月。
莫等闲、白了少年头，空悲切。
靖康耻，犹未雪。
臣子恨，何时灭！
驾长车，踏破贺兰山缺。
壮志饥餐胡虏肉，笑谈渴饮匈奴血。
待从头、收拾旧山河，朝天阙。

（一）

怒发冲冠！独自登高凭栏远眺，骤急的风雨刚刚停歇。此刻心中，又何尝不是正如刚经历一场疾风骤雨？

抬头远望天空，禁不住仰天长啸，一片报国之心充满心怀。三十多年来虽已建立一些功名，却如同尘土微不足道。最大的夙愿，不过是收复山河，恢复故土啊！南北转战八千里，经过多少风雨人生。可是这其中滋味，又有谁能理解呢？这些都已经不再重要，好男儿，要抓紧时间为国建功立业，不要空空将青春消磨，等年老时徒自悲切。

金人何其可恨，杀我人民，夺我土地，烧杀抢掠，无恶不作！靖康之变的耻辱，至今仍然没有被雪洗。国家臣子的愤恨，何时才能泯灭！不要问我对敌人的仇恨有多深，此刻只想驾着战车向贺兰山进攻，将它踏为平地。打仗饿了就吃敌人的肉，谈笑渴了就喝敌人的鲜血。待重新收复旧日山河，再带着捷报向国家报告胜利的消息。

（二）

遥想当年，生在汤阴岳家庄的一名少年，立志报国，练就一身本领，十九岁投效军中，从此开始了壮怀激烈、金戈铁马的戎马生涯。岳母把“尽忠报国”几个字刺在岳飞的背上，更是将忠君爱国的思想深深铭刻在他的心中。

忘不了，“三十功名尘与土，八千里路云和月”，十余年间，在抗金保国、收复中原的征程上，他率领岳家军纵横驰骋，所向披靡，接连获胜，屡立战功，收复襄阳六郡，鏖战洞庭湖，接连取得郾城、颍昌、朱仙镇大捷；忘不了，岳家军威震中原，打破金兵的“铁浮屠”“拐子马”，打败金兀术，令金兵谈之变色，哀叹“撼山易，憾岳家军难”！

就在这关键的时刻，当时的宰相秦桧，为了和金人议和，一日连下十二道金牌，岳飞悲愤万分，说“十年之力，废于一旦”！

然而一腔热血，满怀忠诚，却终被猜忌、诬陷的阴云所围绕。在翻手为云、覆手为雨的宫廷政治旋涡中，“一根筋”式的岳元帅只想早日“直捣黄龙府，与诸君痛饮尔”，报国之路，却充满艰险。十二道金字牌下，急令班师回朝。奸邪小人更是不肯作罢，捏造谎言，以“莫须有”的罪名，要将他置于死地。

一心一意想收复中原，迎回二圣，却不知昏君赵构在一心一意拨着自己的小算盘，津津乐道于“绍兴和议”，偏安江南一隅，歌舞升平，醉生梦死。皇帝居庙堂之高，乐于享受帝位之尊，为了一己私利，不顾沦陷区百姓的死活，不顾其父兄二圣被囚于五国城。岳飞又怎能想到，他的赤诚报国，屡克金兵，到头来却只是赵构与金国讲和的一个讨价还价的筹码而已。“十年之功，废于一旦”，一切化为一身悲壮的叹息。正如文徵明在词中所说的那样：“千古休夸南渡错，当时只怕中原复。笑区区一桧亦何能？逢其欲。”一语中的，入木三分。

在战场上，面对千万敌军，面不改色，迎刃而上，绝不退缩，何况奸邪小人？然而，可以经受得住千万人刀光剑影，却经受不起三两个小人诋毁。君心向背已分明，一己之力不过以卵击石，在那样的年代，君威之下，个人的命运又岂是可以选择的？可惜多年的夙愿终究是不能完成了。

铁蹄蹂躏下的呼唤，满怀对秀丽江山的眷恋，一声声“还我河山”的呐喊，足以使侵略者闻之丧胆；风波亭的无耻诬陷，光天化日之下的千古奇冤，擦亮爱国者的双眼，扬起反抗侵略的风帆，直捣黄龙与诸君痛饮的夙愿，背上镌刻的“尽忠报国”的诺言，绝代英雄的千古遗憾。三十九载不是人生的终点，西子湖畔诉说生命的无限。

（三）

且忆岳飞，更揾一把英雄泪。将军逝去，时年三十九岁，正值壮年，又怎能不让人扼腕叹息？

八百多年过去了，历史的天空依然闪耀着英雄之星，人间正气依然在人们心中驰骋纵横。只是，他至死都无法看到收复旧河山的光景了，这一生戎马倥偬，抛头颅，洒热血，最终期望的，不过是山河安在，世事祥和。然而，这样的愿景，却因小人作梗，迟迟无法实现。那一声气吞山河的呐喊仿佛还在耳畔，“驾长车，踏破贺兰山缺。壮志饥餐胡虏肉，笑谈渴饮匈奴血”，他屹立于天地之间，仿佛一尊不朽的雕像，西北望，待从头，收拾旧山河！

亮煌煌几页史书，乱纷纷万马逐鹿，雄赳赳一代名将，野茫茫十面埋伏。山埋伏，水埋伏，将军末路断头颅。

挑灯看剑之梦：
了却君王天下事，赢得生前身后名

破阵子·为陈同甫赋壮词以寄

醉里挑灯看剑，梦回吹角连营。
八百里分麾下炙，五十弦翻塞外声。
沙场秋点兵。
马作的卢飞快，弓如霹雳弦惊。
了却君王天下事，赢得生前身后名。
可怜白发生。

【〇八九】

（一）

望着深邃的天空，遐想犹如湛蓝一般悠远、空旷。遐想微风轻轻地拂拭着紧蹙的眉睫，任凭岁月沧桑似水流失，而那心底却总有声音回响在耳畔，总有声音跌宕在我的心潮，或抑扬，或轩昂。习惯于在黑夜烛光的映照下用战剑去梳理它的每一个节奏。在黑夜里舞剑，听角声响起，给部下分牛肉的情景，那种豪放，那种气概，是来自战场的呼唤！

回首往昔，置身于风沙弥漫的战场，戍兵们用坚韧织成一件战袍披在身上，扬鞭，奋蹄。战局像沉重的乌云似乎想把城墙压垮，敌人一个个倒下，尘土飞扬。而此刻，心中只有仇恨，马刀刺进敌人的胸口，鲜血迸溅，那一刹那，却觉得如此畅快。久久郁积在心田的愤懑，刹那间得以释放，共患难的战甲似乎也和它的主人一样，决心寸土必争，拼死杀敌，保家卫国。回首往昔，秋风萧瑟，塞外的黄沙，关山的冷月，奔驰跳跃的战马，尽忠报国的战士，浩瀚的阅兵场面，一直尘封在心里。也许这才是一直热切地想要拥有的生活吧。万物消亡，号角声、冲杀声令人振奋。

若问为何眷恋战场？如何说与旁人明白。在这里有太多的血与泪、生与死。这次，也许注定会倒下，但却永不后悔。因为战争过后，就是永久的和平了！

抬头望去，凝聚在要塞上的血迹好似暮色中的紫霞。黄沙河畔，厮杀不断，抛开一切胆怯，一切杂念，心中只想杀敌。为了报答君王的深恩，高举宝剑奋战，誓死保卫祖国！残阳如血，心已麻木，可是在最深的地方，还有痛。何以痛，头鬓上已是白发苍苍，叫人如何不伤心？

（二）

他曾是山东大汉，却为江南游子，于蛙鼓声中，稻谷香里，举杯独酌，饮不尽的国仇家恨。

他曾以五十人之寡入数万人之敌营，生擒叛贼张安国，金戈铁马，快意平生。

他是一块铁，时而被铸成最锋利的剑，刺向敌人的咽喉；时而被放入火中：扭曲、煅烧、淬火、锤打……

历史从不太平，总是让人把那份朴素的责任心咀嚼得百味丛生，苦不下咽。一腔热血，怎敌满朝苟且偷安之声？南宋统治者缩进了一个叫临安的都城里，若无其事地享受着这临时的安定，哪里看得到中原百姓流离失所，背井离乡；又哪里看得到在金兵铁蹄下变得支离破碎的山河？

有人说，辛弃疾不够洒脱，他在出世与入世的关口也曾踌躇。苏轼竹杖芒鞋，一蓑烟雨任平生，何等潇洒！陶潜种豆南山，不为五斗米折腰，何等决绝！他何必为一个不争气的南宋朝廷，奋斗终生呢？

但这便是辛弃疾。“了却君王天下事，赢得生前身后名。”这就是他的人生信仰！不论官场险恶，国势衰微，他始终挺直了腰身，为宋朝、为百姓、为天下而战！

斯人寂寞。然而寂寞是曾经历风浪后的不甘平静。

“不恨古人吾不见，恨古人不见吾狂耳。”我不知稼轩是否真的拥有如卫青、霍去病般非凡的领兵才能，也不知他所期望的复国大计何时能够实现，我只知道这一句看似狂傲戏谑的话语中，蕴含着一种难以言喻的情怀。是将军的白发，还是征夫的眼泪?

（三）

马蹄扬起漫天的黄沙，号角吹落了最后一缕夕阳。大漠孤烟，长河落日：大漠上的景色总是雄奇而壮丽的。稼轩半醉，抽出宝剑，看着一串明亮的灯光在剑身上流动。帐外的勇士欢欣鼓舞，饱餐将军分给的牛肉。而军中奏起的战斗乐曲，更是像一根火把，在整个营地燃起了熊熊的烈焰。

报君黄金台上意，提携玉龙为君死。大丈夫自当在国家危难之际，投笔从戎，将报国的忠勇当作行囊。稼轩换上战袍，平添一份豪气；策马奔驰，弓如霹雳弦惊。他仰慕李广，那个让匈奴惊魂丧胆的汉飞将军；他赞颂孙权，那个三分天下雄踞江东的吴国霸主。

只是沧海桑田，英雄已逝。

然而剑仍在，在你的心中，在一切爱着一方水土、有着自己尊严的人心中，作龙吟之声。

如若再没有声声号角，嗒嗒马蹄，悠悠羌管，呼呼狂风，再没有对月畅酒，迎天舞剑，能否还这一世安宁，予以世人。

纵半生戎马，所为，不过如此。

曾经少年侠气：
恨登山临水，手寄七弦桐，目送归鸿

六州歌头·少年侠气

少年侠气，交结五都雄。肝胆洞，毛发耸。
立谈中，死生同。一诺千金重。
推翘勇，矜豪纵。轻盖拥，联飞鞚，斗城东。
轰饮酒垆，春色浮寒瓮，吸海垂虹。
闲呼鹰嗾犬，白羽摘雕弓，狡穴俄空。乐匆匆。
似黄粱梦，辞丹凤；明月共，漾孤篷。
官冗从，怀倥偬；落尘笼，簿书丛。
鹖弁如云众，供粗用，忽奇功。
笳鼓动，渔阳弄，思悲翁。
不请长缨，系取天骄种，剑吼西风。
恨登山临水，手寄七弦桐，目送归鸿。

（一）

“少年侠气，交结五都雄。”想起青少年时期在京城的任侠生活，不禁令人怀念。那时候结交的少年，是多么豪气逼人，义薄云天。那时候的朋友，他们意气相投，肝胆相照，三言两语，即成生死之交；他们正义在胸，在邪恶面前，敢于裂眦耸发，无所畏惧；他们重义轻财，一诺千金；他们推崇勇敢，以豪侠纵气为尚。他们驾轻车，骑骏马，呼朋唤友，活跃在京城内外。他们随时豪饮于酒肆，且酒量极大，如长虹吸海。有时，他们武艺高强，携带弓箭，“呼鹰嗾犬”，到郊外射猎，各种野兽的巢穴顿时搜捕一空。

那是怎样快活的岁月啊！然而过去的生活虽快乐，却过于匆匆，如梦一样短暂。离开京城到现在，十多年过去了，如今已是中年，自己的境况又如何呢？长期担任相当汉代冗从的低微官职，为了生存，孤舟漂泊，只有明月相伴。岁月倥偬，却像落入囚笼的雄鹰，一筹莫展。每天只能做些案头打杂的粗活，其保家卫国的壮志，建立奇功的才能完全被埋没了。而且像这样郁郁不得志的下层武官并非词人一个，“鹖弁如云众”。

这一切才真是似黄粱美梦，一场空啊。当年交结豪杰、义薄云天的少年武士，如今锐气已日渐消磨。然内心深处仍蕴藏着报国壮志，连身上的佩剑也在西风中发出怒吼！但是，在一派主和的政治环境中，“请长缨，系取天骄种”的心愿只能落空。不是“不请”，而是“不能请”，或“请而不用”！又能怎么办呢？唯有满怀悲愤，恨恨地登山临水，将忧思寄于琴弦，把壮志托付给远去的鸿雁罢了。

位卑人微，却始终关心国事。眼看宋王朝政治日益混乱，新党变法的许多成果毁于一旦；眼看着对外又恢复了岁纳银绢、委屈求和的旧局面，西夏骚扰日重。义愤填膺，又无力上达，想起少年豪气，早已今非昔比。

“登山临水，手寄七弦桐，目送归鸿。”心中是浓浓的忧思，心里是满满的血泪。举一人之力，无法挽救国家政治颓唐之大势，也不能恢复昔日繁华竞逐的盛景，唯有登临此境，无奈叹息。

（二）

忆少年侠气，峥嵘岁月稠。却道人生难再少，昔日不复还。

每个人都有一段回不去的少年时代，都有那么意气风发，欲与天公试比高的时候。初生牛犊不怕虎，初出茅庐，甚至是还不为人赏识的年纪，总是急于证明自己，展示自己。行走于世间，天不怕，地不怕，一无所有，却又骄傲得仿佛全世界都在囊中，为一己所有。想让全世界都看到，却又想忽略全世界的眼光，我行我素。

那是一生中最单纯的岁月了，心如一汪清澈的湖水，透明澄净，没有任何杂质。与人结交，全凭本心，不考虑利益纠葛，不在乎功名利禄，喜欢的，就是喜欢，一点儿不掩饰心中的情感；憎恶的，就是憎恶，刀剑相向也不改其色。一杯酒下肚，掏心掏肺，肝胆相照，不违誓言。呼朋唤友，出游狩猎，心之所向，但行其事。

少年不狂，更待何时？侠义之气填于胸，行事从容，哪里有什么犹豫和踌躇。然而，老之将至，少年狂气也随岁月流逝了。

（三）

人生之事，不如意十之八九，仕途之路，也必定没有一帆风顺。几经坎坷曲折，磨去身上生硬的棱角，狂也散尽。再登高楼，眼里尽是落寞。

每个人心中都有一个江湖。少年时呼风唤雨，行侠仗义，且以为江湖便是逍遥自如。刀光剑影，呼朋引伴，有酒皆欢。到老来，方知人生处处即江湖。只是这江湖里有太多的不得已罢了，谁又能在这江湖中随心所欲呢？少年侠气，不过黄粱一梦，纵有满腔报国志，奈何国不知。

唯有过着平静的生活，偶尔回首，做一个侠骨丹心的梦，梦里有刀剑江湖。

旁观拍手：
旁观拍手笑疏狂，疏又何妨，狂又何妨

一剪梅

束缊宵行十里强，挑得诗囊，抛了衣囊。
天寒路滑马蹄僵，元是王郎，来送刘郎。
酒酣耳热说文章，惊倒邻墙，推倒胡床。
旁观拍手笑疏狂，疏又何妨，狂又何妨！

（一）

离别，在王勃看来，是“海内存知己，天涯若比邻”的情意绵绵；在高适看来，是“莫愁前路无知己，天下谁人不识君”的深切鼓励；在柳永看来，是“执手相看泪眼，竟无语凝噎”的难舍难分；而到了刘克庄的词里，却是“旁观拍手笑疏狂，疏又何妨，狂又何妨”的豪迈狂放。

这般豪迈狂放，在离别情境中，是极少有的。与君离别意，同是宦游人。古人闻说离别，便觉一股伤感的气息扑面而来，让人止不住要想到阴雨绵绵的天气，想到这凉薄的天气里因离别而生的绵绵愁思。

离别的情景大抵相同。词人笔下的离别，依然是在这样一个寒冷的雨天。但是心性和境况却不相同：打着火把走了十多里的夜路，挑的是诗书，却没带衣物行囊。这样的情况，稍显狼狈。然而词人却似乎并不在意。“挑得诗囊，抛了衣囊”，这样的书生豪气，怕是不能多见了。诗囊里都是心血结晶，又怎肯轻易抛掉呢！

晚上的天气很寒冷，路又滑，但后面却传来急促清脆的马蹄声，原来是王郎赶来给我送行。在长亭置酒话别，喝到面红耳热，开始评说诗文，却不曾想，这般肆无忌惮，惊倒了邻近墙外的人，而此时，我与王郎在争执时又弄倒了坐着的马扎，旁观的人拍手大笑，笑我俩太过疏狂，但我们本来就不是拘于俗礼的人，何况又要分别了，肝胆相照的人在一起酒酣兴高，指点江山激扬文字正是我类的本分，别人说我们疏于礼节也好、狂傲不羁也罢，又有什么关系呢？

（二）

“王郎”便是王实之了。刘克庄曾在《满江红·送王实之》中称赞他：“天壤王郎。数人物方今第一。”这是他对旧友的敬重和赏识。王实之秉性刚直，豪气干云，人称子昂、太白。刘克庄也是言谈雄豪，刚直无畏。一朝相识，似是故人。在刘克庄奔赴广东之际，王实之夜半相送情谊之真挚，已然可知。

刘克庄自称“刘禹锡”，是以锐意改革而屡受打击的刘禹锡自比。刘禹锡曾因讽刺朝中新贵被贬。刘克庄则因《落梅》诗中有“东风谬掌花权柄，却忌孤高不主张”之句，被人指为“讪谤当国”而被罢官。

在此之前，他已被三次削职。他在《病后访梅九绝》中有一首诗说：“梦得因桃数左迁，长源为柳忤当权。幸然不识桃并柳，却被梅花累十年！”其愤慨怅然之情，及其清品傲骨，表现得非常清楚，与唐代的诗豪刘禹锡相比，亦觉无愧。此时到广东做路一级的官，他“不以入岭为难”，然内心如刘禹锡式的不平之气，是不会遽然消失的。

所幸，有友人相送。两个狂士捋袖划拳，乘着酒兴指点江山，语惊四座，全无顾忌，邻座惊傻观者竖发，全与我无关。豪气之举，不言而喻。

两个狂士在志士受压、报国无门的时代，将心头的积郁，化为激烈的言辞、不平常的行动，自然会被称为“疏狂”。“疏又何妨，狂又何妨！”可谓狂上加狂，雄放恣肆，豪情动人。

有多少人，可以共欢笑，却无法同悲苦，极盛时，把酒当歌者众，一朝贬谪，临别相送者廖。人生得一知己难矣，可以共悲喜，足矣。

（三）

那么，今当离别，不想做戚戚之感，也不愿再多言有多么忧思难忘，本是不拘礼节之人，这些细节，自然是不必在乎的了。

众人笑我疏狂，疏又何妨，狂又何妨呢？乘着酒兴，乘着醉意，乘着离别前最后的相聚，再放纵一回吧，得乐且乐。何况，今日一别，不知再待何时了。知音最难忘，自是旧相识。最难得的是，你也经历着我的经历，品尝着我的心情，即便满腹抑郁难纾解，也幸得还有你陪伴。不用理会旁人轻视的目光，这样的豪情潇洒，这样的雄壮激越，只愿醉笑陪君三万场，不愿诉离殇。

我始终相信，这世上所有的相遇，都是久别重逢。而世上所有的离别，都是重逢的开始。

漫兴随意：
万一朝家举力田，舍我其谁也

卜算子·千古李将军

千古李将军，夺得胡儿马。
李蔡为人在下中，却是封侯者。
芸草去陈根，笕竹添新瓦。
万一朝家举力田，舍我其谁也。

（一）

历史上，赞颂李广的诗人不计其数。唐朝诗人王昌龄就在《出塞》中写道："秦时明月汉时关，万里长征人未还。但使龙城飞将在，不教胡马度阴山。"其中"飞将"即指"飞将军"李广。《滕王阁序》中说"冯唐易老，李广难封"，也是为飞将军不能封侯而感慨。

卢纶在《塞下曲》中则描写了一个传奇故事："林暗草惊风，将军夜引弓。平明寻白羽，没在石棱中。"故事原出自《史记·李将军列传》，说的是有一次李广见到草丛中的石头，以为是老虎，于是引弓去射，结果发现是块石头，而箭头已经没入石块，再发箭去射，却再也射不进去了。

词人辛弃疾自知，短短的一阕词，不能说尽李将军其人其事，因此只截取了史传中最精彩的一个片段。"千古李将军，夺得胡儿马。"说的便是汉武帝元光六年，李广以卫尉为将军，出雁门击匈奴的故事。匈奴兵多，广军败被擒。匈奴人见广伤病，遂于两马间设绳网，使广卧网中。行十余里，广佯死，窥见其傍有一胡儿（匈奴少年）骑的是快马，乃腾跃而上，推坠胡儿，取其弓，鞭马南驰数十里归汉。匈奴数百骑追之，广引弓射杀追骑若干，终于脱险。斯人于败军之际尚且神勇如此，当其大捷之时，英武又该如何？司马迁将此事写入史传，可谓善传英雄之神，"飞将军"李广也一时声名远播，威震匈奴。

“李蔡为人在下中，却是封侯者。”《史记》叙李广事，曾以其堂弟李蔡作为反衬。蔡起初与广俱事汉文帝。景帝时，蔡积功劳官至郡守。武帝时，官至代国相。元朔五年为轻车将军，从大将军卫青击匈奴右贤王，有功封乐安侯。元狩二年为丞相。他人才平庸，属于下等里的中等，名声远在广之下，但却封列侯，位至三公。

《楚辞·卜居》有言：“蝉翼为重，千钧为轻；黄钟毁弃，瓦釜雷鸣。”李广为人在上上，受伤被俘后还能夺得匈奴的好马，一生战功卓著，却终生不得封侯，李蔡为人在下中，却是封侯者。这样的事何其多啊，又岂是只有李广受了这样的委屈？

（二）

历史烟云散尽，李广的故事早已尘封在岁月里，不知还有谁能记挂，但流水是一样的流水，故事也是一样的故事。如今只有我在这里，在这样闲适的岁月里渐渐老去。

除去园中杂草要去根，修葺乡间旧宅要添新瓦，事必躬亲。这也许是退居田园生活里唯一的乐趣了吧。要是朝廷要推举努力耕田的人，除了我还有谁呢？

满纸荒唐言，谁解其中味。看似幽默的言语，其中的辛酸苦辣又有谁能真正体会呢？似是言笑，内心大概只有自己明白吧，不过是含泪的微笑，故作轻松罢了。

孟子曰：“如欲平治天下，当今之世，舍我其谁也？”虽大言不惭，却充满着高度的政治自信心和历史责任感，说得何等壮观！而今，我却只能说，朝家举力田，舍我其谁。虽不以稼穑为耻，但平生之志，毕竟不在此。

遥想当年投身于耿京所领导的北方抗金义军，在耿京遇害、义军瓦解的危难之际，亲率数十骑突入驻扎着五万金兵的大营，生擒叛徒张安国，渡淮南归，献俘行在，其勇武势不在李广之下；南归后又献《十论》、《九议》，屡陈北伐中原的方针大计，其韬略又非李广元所能及。然而，“古来材大难为用”，怎能不教人扼腕叹息？

（三）

那一腔豪情热血，真的就要在这样庸碌无为的平淡岁月里沉积了吗？那些峥嵘岁月，南征北战的日子，难道真的只能在梦中百转千回，无处可寻了吗？也想重回京师，重整旗鼓，再战沙场；也想成就一番轰轰烈烈的大事业，旌旗万夫，挥师北伐，平定中原；也想“了却君王天下事，赢得生前身后名”，一洗多年被埋没、被搁置的郁结之气。然而，却什么也不能。只能想，只能等。

等待，是多么痛苦的一件事情。它能让你把无尽的希望投注其中，也能让这所有的希望在一瞬间崩塌，再无回旋余地。就这样在希望与绝望的边缘徘徊，一腔报国热情，也只是凭那一人旨意罢了。除了等待，又还能做些什么呢？身在田园，心在沙场，身虽在，心已远。

金鳞岂是池中物，一遇风云便化龙。我非凡人，唤得风云待何时？

暮年再现少年狂：
会挽雕弓如满月，西北望，射天狼

江城子·密州出猎

老夫聊发少年狂。左牵黄，右擎苍。
锦帽貂裘，千骑卷平冈。
为报倾城随太守，亲射虎，看孙郎。
酒酣胸胆尚开张。鬓微霜。又何妨。
持节云中，何日遣冯唐？
会挽雕弓如满月，西北望，射天狼。

（一）

对于东坡其人，林语堂先生曾这样评价："我可以说苏东坡是一个不可救药的乐天派，一个伟大的人道主义者，一个百姓的朋友，一个大文豪，书法家，创新的画家，造酒试验家，一个工程师，一个憎恨清教徒主义的人，一个瑜伽修行者，佛教徒，巨儒政治家，一个皇帝的秘书，酒仙，厚道的法官，一个在政治上唱反调的人，一个月夜徘徊者，一个诗人，一个小丑。但这还不足以道出苏东坡的全部，一提到苏东坡，中国人总是亲切而温暖地会心一笑，这个结论也许最能表现他的特质。苏东坡比中国其他的诗人更具有多方面天才的丰富感、变化感和幽默感，智慧优异，心灵却像天真的小孩——这种混合等于耶稣所谓蛇的智慧加上鸽子的温文。"

的确，古今中外没有人写的作品能像苏东坡的诗文那样受到普遍的喜爱，谁也不曾在他那里感觉到消极、悲观、厌世的颓唐情绪。即使他曾多次受不白之冤、被流放又蹲大狱，精神上受到过多次折磨和委屈，但他乐观、向上、自得、从容的达人情怀，像一剂良药，总能愈合人们在各种情境里遭遇的伤。

（二）

当作家把自己写入书中，心中的企望便只剩下一个：愿读者的感受与自己相同。

读罢此词，确有一种壮志激昂之感。

“老夫聊发少年狂”，“狂”虽是聊发，却缘自真实。苏轼外任或谪居时期常常以“疏狂”“狂”“老狂”自况。在《十拍子》中，曾有“强染霜髭扶翠袖，莫道狂夫不解狂。狂夫老更狂”的慨叹。苏轼时年四十，正值盛年，不应言老，却自称“老夫”，然而“老夫”虽老矣，鬓发斑白，又有什么关系？以“老”衬“狂”，岂不是更显壮心未已，英雄本色？

左手牵着黄狗，右手擎着猎鹰，头戴锦绣的帽子，身披貂皮的外衣，一身猎装，气宇轩昂，何等威武。“千骑卷平冈”，浩浩荡荡的大部队像疾风一样，席卷平坦的山冈。出游的规模，可谓势如磅礴倾涛，何等雄壮。全城的百姓都来了，来看他们爱戴的太守行猎，万人空巷。这是怎样一幅声势浩大的行猎图啊！东坡备受鼓舞，气冲斗牛，为了报答百姓随行出猎的厚意，决心亲自射杀老虎，让大家看看孙权当年搏虎的雄姿。

痛痛快快喝了一顿酒，意兴正浓，胆气更壮。想想当年壮心不已，而今却已两鬓斑白。然而即使头发微白，又有什么关系呢？朝廷什么时候才能派人拿着符节来密州赦免我的罪呢？日思夜想，却又遥不可及。多想等到这一天，那时我定当拉开弓箭，瞄准西北，弓如满月，把代表西夏的天狼星射下来。

（三）

如果你身处苏轼的年代，有如苏轼的遭遇，在这样宏大的叙事里，说不定也会生出这许多的豪壮之感来。只是我们没有东坡的才情，也无法完全身临其境，体会他心中所思所感。

据说苏轼对这首痛快淋漓之作颇为自得，在给友人的信中曾写道："近却颇作小词，虽无柳七郎风味，亦自是一家。呵呵，数日前，猎于郊外，所获颇多，作得一阕，令东州壮士抵掌顿足而歌之，吹笛击鼓以为节，颇壮观也。"

自贬谪以来，这样热闹的场面实在寥寥无几了，饮乐虽多，但这样豪迈激烈的狩猎活动，却不曾有，说来得意，也是意料之中。国力不振，国势羸弱，时常受到辽国和西夏的侵扰，心中难免义愤难平。想到国事，又不禁想到自己怀才不遇、壮志难酬的处境，借着出猎的豪兴，深隐心中的夙愿也便和盘托出了。不禁以西汉魏尚自况，希望朝廷能派遣冯唐一样的使臣，前来召自己回朝，得到朝廷的信任和重用。

然而，我的冯唐又在哪里呢？何时，他能带来皇上的任命，召我回到前朝，继续那未完成的事业呢？

唯愿逆风而上，拉满弓弦，以射天狼！

卷五

咏史·怀古·悠悠万世随潮去

如梦的人生：
大江东去，浪淘尽，千古风流人物

念奴娇·赤壁怀古

大江东去，浪淘尽，千古风流人物。
故垒西边，人道是，三国周郎赤壁。
乱石穿空，惊涛拍岸，卷起千堆雪。
江山如画，一时多少豪杰。
遥想公瑾当年，小乔初嫁了，雄姿英发。
羽扇纶巾，谈笑间，樯橹灰飞烟灭。
故国神游，多情应笑我，早生华发。
人生如梦，一尊还酹江月。

（一）

长江朝东流去，千百年来，所有才华横溢的英雄豪杰，都被长江滚滚的波浪冲洗掉了。那西边的旧营垒，人们都说，那是三国时周郎大破曹兵的赤壁。陡峭不平的石壁插入天空，惊人的巨浪拍打着江岸，卷起千堆雪似的层层浪花。祖国的江山啊，那一时期该有多少英雄豪杰！

遥想当年周公瑾，小乔刚刚嫁了过来，周公瑾姿态雄峻。手里拿着羽毛扇，头上戴着青丝帛的头巾，谈笑之间，曹操的无数战船在浓烟烈火中烧成灰烬。神游于三国战场，该笑我太多愁善感了，以致过早地生出白发。人生就像一场大梦，还是把一杯酒献给江上的明月，和我同饮共醉吧！

（二）

这一年，苏轼四十七岁。不但功业未成，反而待罪黄州，同三十岁左右就功成名就的周瑜相比，不禁深自感愧。壮丽江山，英雄业绩，激起苏轼爽迈奋发的感情，也加深了他的内心苦闷和思想矛盾。故从怀古归到伤己，自叹“人生如梦”，举杯同江上清风、山间明月一醉消愁了。这首怀古词兼有感奋和感伤两重色彩，但篇末的感伤色彩掩盖不了全词的豪迈气概。词中所写，江山形胜，英雄伟业，在苏轼之前从未成功地出现过。

回忆起当年站在凌云山巅，阵阵劲风吹起他的长衫，他双手按住眉骨远远望去，只见铜河、府河、雅河，这三条河从遥远的雪山一路奔来，汇聚在古嘉州东岸的凌云山下。经佛教圣地青衣别岛、小西湖五通桥、历史古驿道上的犍为郡、两百里水路一直向宜宾与金沙水拍形成长江东流去，长江波涛滚滚引发了他对历史的回顾，曾经的历代英雄人物，都随着这长江之水逝去了。

“大江东去，浪淘尽、千古风流人物”——细想万千年来，历史上出现过多少英雄人物，他们何尝不煊赫一时，俨然是时代的骄子。谁不赞叹他们的豪杰风流，谁不仰望他们的姿容风采？然而，“长江后浪推前浪”，随着时光的不断流逝，随着新陈代谢的客观规律，如今回头一看，那些“风流人物”当年的业绩，好像给长江浪花不断淘洗，逐步淡漠，逐步褪色，终于变成历史的陈迹了。

隐约中，仿佛看见那长江西边的古战场和一排又一排的布搭营帐，就是历史上三国时候的大都督周瑜在诸葛孔明先生的帮助下，火烧连营作战时的赤壁之地。你看那嶙峋、陡峭的石壁如倚天长剑般直刺苍穹，凶猛的大浪拍击着江岸，激起一堆堆雪白的浪花。这天、这山、这水、这片火热的大地和曾经的军营，多像一幅雄奇的图画，在那个特定的时代涌现，会集了多少英雄豪杰。回想周瑜当年娶了乔国公十分秀美的小女儿为妻后，英雄的整个精神面貌发生了很大变化，站如松、坐如钟、行如风，一幅少年得志之势。假如没有诸葛孔明先生的智慧，难道周瑜会在一夜的转瞬之间，将曹营的百万大军葬身长江吗？

极言周瑜之儒雅淡定，但内心感情又是何其复杂。周瑜破曹之时年方三十四岁，而苏轼写作此词时年已四十七岁。孔子曾说：“四十五十而无闻焉，斯亦不足畏也已。”苏轼从周瑜的年轻有为，联想到自己的坎坷遭遇，故有“多情应笑我”之句，语似轻淡，意却沉郁。但苏轼毕竟是苏轼，他不是一介悲悲戚戚的寒儒，而是参破世间宠辱的智者。所以他在察觉到自己的悲哀后，不是像南唐李煜那样的沉溺苦海，自伤心志，而是把周瑜和自己都放在整个江山历史之中进行观照。

当年潇洒从容、声名盖世的周瑜现今又如何呢？不是也被大浪淘尽了吗？这样一比，苏轼便从悲哀中超脱了。

虽然也看到了自己的政治功业无法与周瑜媲美，但上升到整个人类的发展规律和普遍命运，双方其实也没有什么大的差别。有了这样深沉的思索，遂引出结句“人生如梦，一尊还酹江月”的感慨。正如他在《西江月》词中所说的那样：“世事一场大梦，人生几度秋凉。”消极悲观不是人生的真谛，超脱飞扬才是生命的壮歌。既然人间世事恍如一梦，何妨将樽酒洒在江心明月的倒影之中，脱却苦闷，从有限中玩味无限，让精神获得自由。

家国天下，四海为家，满腹的治国韬略被无端的小人们葬送，现在又被安排至此，岁月如梭般地走了，满头的黑发渐渐变成了花白。要想为国效劳、建功立力，谈何容易，空有报国之志，话虽如此仍强烈地认识到人生就像做梦一般，还是倒一杯酒来祭奠为国捐躯的历史英雄们和这江上的明月吧！

（三）

高山之巅，山脚下江水滔滔不绝，微风使他的衣袂飘飘，并吹拂着他的头发，他敞开心胸，向那山、那水抒发他永远坦荡的情怀，与那永远豁达的心境。

谁能不说他是一位豪者？从他那豪放派疏荡的笔风，与他那为人处世洒脱的性格，豪者一词便舍他其谁。

成亦豪，败愈豪；喜亦豪，哀愈豪。唱着“大江东去”的苏轼，把一片豪情赠予世人。何其潇洒，何其旷达，吟诵之际，倍感舒适。

你的一生如此波澜，但你却像一叶平稳的小舟。这样洒脱的为人处世，超然物外又重情重义的你，会料想到今日众人将你歌吗？

回眸历史荧光：想当年，金戈铁马，气吞万里如虎

永遇乐·京口北固亭怀古

千古江山，英雄无觅，孙仲谋处。
舞榭歌台，风流总被，雨打风吹去。
斜阳草树，寻常巷陌，人道寄奴曾住。
想当年，金戈铁马，气吞万里如虎。
元嘉草草，封狼居胥，赢得仓皇北顾。
四十三年，望中犹记，烽火扬州路。
可堪回首，佛狸祠下，一片神鸦社鼓！
凭谁问：廉颇老矣，尚能饭否？

（一）

千古江山依旧，但像孙仲谋那样识人重贤的英雄，却再也无处寻觅。那些繁华的舞榭歌台，英雄们的风流韵事，都被无情的风雨吹打而去。那普普通通的街巷，所看到的只是斜阳映照着荒草枯树，人们说寄奴曾经在这里居住。遥想当年，他指挥千军万马挥师北伐，气吞骄虏如同下山的猛虎。

元嘉年间又是多么轻率，想建不世之功欲勒铭狼居胥，结果只落得大败溃逃，不断地回头北望敌兵的追逐。如今已经过去四十三年，在北望中，辛弃疾还清楚地记得，当年曾与金兵激战过的扬州路。真是不堪回顾，金人的统治竟如此牢固。在那佛狸祠堂的前面，神鸦的叫声杂和着喧闹的社鼓。有谁还能来问一问：廉颇将军真衰老了吗？他的饭量是否依然如故？

（二）

“千古江山”，“千古”是时代感，“江山”是现实感。站在北固亭上瞭望眼前的一片江山，想到的却是古时曾经统治过这片江山的英雄人物。三国时的吴大帝孙权，有雄心壮志，要一统中原。可是现在呢？像孙权那样的英雄人物也无处寻觅了。非但人无觅处，连他当年的“舞榭歌台”，这些唯一能承载他风流逸事的建筑，也都被“雨打风吹”，杳无踪迹了。想到小名寄奴的刘裕，他在东晋安帝义熙五年及十二年，曾两次率晋军北伐，先后灭掉南燕、后秦，收复洛阳、长安，几乎可以克复中原，可惜后来他野心篡夺晋帝政权，建立自己的宋代政权，放弃了进取中原的计划，以致淮北各地得而复失。“想当年，金戈铁马，气吞万里如虎。”可是现在刘裕的遗迹也找不到了。只见“斜阳草树”之中，寻常百姓的里巷，当地的老辈相传，这里便是刘裕当年住过的地方。

英雄人物的盛衰，随岁月消失。而眼下，却只是一次次失败的历史。宋文帝刘义隆元嘉二十七年命王玄谟率师北伐。当时北方的统治者是鲜卑族的北魏太武帝拓拔焘（小名佛狸）。王玄谟草率出兵，没有周详的部署，结果大败而回。所以他说：元嘉时的北伐，真是冒失出兵，妄想像汉代的霍去病一样，北伐单于，一直打到狼居胥山，封祭山神，凯旋回师。可是，王玄谟的战绩却只落得仓皇地逃回京口。

联系到自己，又联系到当时抗金的形势，从怀古一转而为伤今。辛稼轩于宋高宗绍兴三十三年（1162）来到南方，参加抗金战争，到开禧元年登北固亭时，正是四十三年。这时他遥望对江的扬州，还记得四十三年前从北归南的一路战斗情况。“望中犹记，烽火扬州路”，在这四十三年间，辛稼轩壮志未酬，南宋小朝廷也始终未能振作。收复中原，徒成虚愿。于是他有了不堪回首之感。这一感慨，因望见“佛狸祠下，一片神鸦社鼓”而愈加强烈。北魏太武帝在击败王玄谟的军队之后，一直追到京口对江的瓜步山，在山上建立了行宫。这个行宫到后世便被当地老百姓误传为佛狸祠，以为是一座福祐人民的神庙，春秋祭祀，有“神鸦社鼓”的热闹。时代已冲洗掉民族耻辱的意义，这使得他愈加悲痛，深恐再过几十年，南宋小朝廷也即将在历史上消失。

战国时赵国的名将廉颇，年纪虽老，精神还很壮健，还能大嚼米饭和猪肉。辛稼轩以廉颇比喻自己，自以为虽然老了，还能参加抗金战斗。可是，谁来打听廉颇还能不能吃饭呢？谁能起用我去带兵抗金，收复中原呢？

（三）

王国维说：“幼安之佳处，在有性情，在有境界。”深沉强烈的爱国情怀正是辛弃疾“性情”之所在。归根结底，他讥评朝权、勉励友人，都是因为秉持着一颗拳拳爱国之心、雄雄北伐之志，其情殷殷，其志切切。取词用典，不失当行本色，全在意气平心之间，千百年后，后人读来，亦是铿锵有声，亲切感人。

豪放中带着一丝荒凉，能文能武，国之栋梁。想当年金戈铁马，气吞万里如虎这样的诗句，千古绝唱。当年那个梦想气吞万里如虎的少年，亦是一个孤独的英雄！

多少次，他的醉眼迷离了刀光剑影；多少次，他的耳畔回响着清角吹寒；多少次，他的梦乡是铁马冰河；多少次，他的眼前是大漠孤烟……可是他不敢回首，回首之后那情那景只能在灯火阑珊处，只会令他望尽天涯路。一句“凭谁问：廉颇老矣，尚能饭否”饱含着他多少无奈与悲凉，饱含着多少壮志难酬与英雄气短的苦闷！

然而，即使形势怎样急迫，处境怎样艰险，他依然甘愿为南宋尽心竭力，义无反顾。不因为别的，只因为他有一颗炽热燃烧的碧血丹心，这个男人的热血与激情已经化成了一股激昂的清泉，冲荡在历史的深处。

没有人愿意生活在乱世，但是当今天的人们翻起那已经泛黄的史书时，便会发现，乱世自有乱世的精彩，掩卷之后，也许我们会长坐遐思，或仰望天空，在自己的心灵深处，默默地祭奠那一段段光辉的岁月。

何处望神州？不尽长江滚滚流。天下兴亡多少事？金戈铁马战不休。天下谁敌手？赢得功名在身后。蓦然回首想风流，非皇非帝非君非诸侯。

秦淮孤月残照里：
水天空阔，恨东风、不借世间英物

酹江月·驿中言别

水天空阔，恨东风、不借世间英物。
蜀鸟吴花残照里，忍见荒城颓壁。
铜雀春情，金人秋泪，此恨凭谁雪？
堂堂剑气，斗牛空认奇杰。
那信江海余生，南行万里，属扁舟齐发。
正为鸥盟留醉眼，细看涛生云灭。
睨柱吞嬴，回旗走懿，千古冲冠发。
伴人无寐，秦淮应是孤月。

【一二一】

（一）

江面宽广，天空高远，东风啊，你真可恨，为什么不帮助英雄？他们已经尽了人事呀！夕阳西沉，余晖映照着，衰败的残花，凄啼的杜鹃，荒凉的颓垣败墙令人无法再看！宋室的嫔妃被元军俘去，文物宝器也被金人抢占。这奇耻大辱，让谁来报仇雪恨？奇杰之士空自识得，气冲斗牛的宝剑，却只好听其地下沉埋，而不能发掘出来，用以实现复国的壮志啊。

哪里会料到，我在投海未死、万里漂流之后，恰好能和你同舟北行！留得青山在，正是为了和战友们一同抗战到底！现在只能耐心等待局势的变化。藐视敌人，我像蔺相如气吞嬴秦，指挥反攻，我像姜维吓跑司马懿。憎恨入侵的敌人，千年来我们都怒发冲冠！我们今天金陵诀别，患难相依，论心恨晚。如今伴我不寐的，只有秦淮河上的孤月。

（二）

1279 年，南宋最后的抵抗以文天祥的被俘和张世杰在崖山的全军覆没而宣告终结。元朝终于统一了中国。

文天祥被押解北上，路过金陵时，在驿馆遇到了因病留下医治的战友邓剡，两人都为宋的灭亡而深感悲痛，文天祥要继续被押解北行前，邓剡就作了一首《驿中言别》来寄托离别之情，同时抒发对国家的哀痛。

文天祥也作了一首词来唱和。

邓剡本来在以张世杰、陆秀夫为代表的反抗势力中任职，在张世杰兵败崖山、陆秀夫抱幼帝投海时，他也同当时大多数文官一样打算投海殉国，但幸运的是，邓剡却被元朝的元帅张弘范的部将救起，免于一死。

金陵一别，无异于易水之别。“风萧萧兮易水寒，壮士一去兮不复还。”此时此地，此情此景，止不住痛惜英雄失败，深悲国家覆亡，追忆患难情谊。

邓剡此时的心境，有失落，有无奈，也有悲伤与沉痛。

“铜雀春情，金人秋泪，此恨凭谁雪”，杜牧曾写有“东风不与周郎便，铜雀春深锁二乔”的诗句，这本是一个大胆的历史假设，现在居然成了现实。宋朝灭亡后嫔妃尽被元军所虏，国已非国，家不成家，多少后宫女子沦丧异乡，纵使同情，也是无可奈何啊。“金人秋泪”典出自魏明帝时，曾派人到长安把汉朝建章宫前的铜人搬至洛阳，传说铜人在被拆卸时流下了眼泪。但宋朝亡国，数被迁移，此恨怎能消？“堂堂剑气，斗牛空认奇杰”，宝剑是力量的象征，奇杰是胆略的化身，所向披靡。可如今，却空有精气上冲斗牛的宝剑和文天祥这样的奇杰了！宋军还是没能阻挡元军的铁蹄，无法挽回失败的历史。然而踏破河山，还有每一位将士的身体，这最后一层防线。“正为鸥盟留醉眼，细看涛生云灭。”邓剡前面跳海未死，这次又病而求医，为的是“留醉眼”，等着看文天祥这样的志士仁人东山再起，再起复国大业。“睨柱吞嬴”，当年蔺相如在秦王殿上拼死抗暴，今日又何尝没有这样的壮举，他的好友文天祥，同样是铁骨铮铮，大义凛然，令人佩服。“那信江海余生，南行万里，属扁舟齐发”，回顾前半生自己跟随张世杰、陆秀夫一起在“海上朝廷”漂泊辗转的战斗生涯，然而此时一切皆成过往，自己拼命守护、捍卫的国家，依旧在不能挽回的境地了，分崩离析了。“伴人无寐，秦淮应是孤月”，此刻好友分离、各人将形单影只了。我虽然因病不能随你北上，但将在一个又一个的不眠之夜中为你祈盼。

国破家亡，往事不堪，满目疮痍，再遇故人，而命运仿佛开了个很大的玩笑。他们，再不复并肩作战，而是朝着未可知的方向，开始新的漂泊无依，未来何去何从，命运又将卷入怎样的风暴里？没有人知道。他此时心境，必是何其沉郁、悲壮、伤感。

文天祥闻此，也和词一首，回敬友人：

酹江月·和友驿中言别

乾坤能大，算蛟龙，元不是池中物。风雨牢愁无著处，那更寒蛩四壁。横槊题诗，登楼作赋，万事空中雪。江流如此，方来还有英杰。

堪笑一叶飘零，重来淮水，正凉风新发。镜里朱颜都变尽，只有丹心难灭。去去龙沙，江山回首，一线青如发。故人应念，杜鹃枝上残月。

文天祥的回答却是豪迈而响亮的。“乾坤能大，算蛟龙，元不是池中物”，即便此刻已然落败，沦为阶下囚徒，但依旧气度非凡，誓要斗争到底的气魄犹然不改！对自己所受的牢狱之苦一笔代过，却说起曹操和王粲，“万事空中雪”，仿佛是在咏叹：人间世事、英雄业绩，都会像空中飞舞的白雪一样飘然而逝。其实不然。“江流如此，方来还有英杰！”这才是他真正想说的吧，任何失败与挫折都是不可避免的，但不要放弃继续斗争的希望！比之邓剡，文天祥所答之词，更是意境博大、深沉真挚，令人热血沸腾，当之为千古绝唱！

（三）

有多少铁骨铮铮、顶天立地的英雄，生死存亡，却依然谨记国家大义。这样的离别，是何其悲壮！历史的车轮碾过了岁月的沧桑，磨逝了多少荣华与沧凉。岿然屹立的，是他们不朽的身躯；千古传诵的，是他们用生命谱写的绝唱。

再难见到这样悲壮了吧。昔日峥嵘岁月，比肩并看，今日金陵一别，自知生死相隔，不敢细思量。来时风雨兼程，两心一愿，别后山河破碎，身世浮沉雨打萍。

若能从头，收拾旧河山，该多好。

风光成往昔：

千古兴亡多少事？悠悠。不尽长江滚滚流

南乡子·登京口北固亭有怀

何处望神州？满眼风光北固楼。
千古兴亡多少事？悠悠。
不尽长江滚滚流。
年少万兜鍪，坐断东南战未休。
天下英雄谁敌手？曹刘。
生子当如孙仲谋。

【一二七】

（一）

什么地方可以看见中原呢？在北固楼上，满眼都是美好的风光。从古到今，有多少国家兴亡大事呢？不知道，年代太久了。看着永远也流不尽的长江水滚滚东流。

想着当年孙权在青年时代，已带领了千军万马，他能占据东南，坚持抗战，没有向敌人低头和屈服过。天下英雄谁是孙权的敌手呢？只有曹操和刘备而已。这样也就难怪曹操说："生子当如孙仲谋。"

（二）

宋宁宗嘉泰三年（1203）六月，稼轩被起用为知绍兴府兼浙东安抚使。次年阳春三月，便改派到镇江去做知府。镇江，在历史上曾是英雄用武和建功立业之地，此时成了与金人对垒的第二道防线。他登临京口（即镇江）北固亭，触景生情，不胜感慨系之，于是作此词。

"何处望神州？满眼风光北固楼。"极目远眺，中原故土在哪里呢？哪里能够看到，映入眼帘的只有北固楼周遭一片美好的风光了。此时南宋与金以淮河分界，辛弃疾站在长江之滨的北固楼上，翘首遥望江北金兵占领区，大有风景不再、山河变色之感。望神州何处？中原已非己有了！收回遥望的视线，看这北固楼近处的风物："千古江山，英雄无觅，孙仲谋处。舞榭歌台，风流总被，雨打风吹去。"想当年，这里金戈铁马，曾演出多少惊天动地的历史戏剧啊！北固楼的“满眼风光”，那壮丽的自然山水里似乎隐隐弥漫着历史的烟云，这不禁引起了词人千古兴亡之感。他问：“千古兴亡多少事？”没有回答。世人们可知道，千年来在这块土地上经历了多少朝代的兴亡更替？这句问语纵观千古成败，意味深长，回味无穷。然而，往事悠悠，英雄往矣，只有这无尽的江水依旧滚滚东流。

“不尽长江滚滚流”，借用杜甫《登高》诗句：“无边落木萧萧下，不尽长江滚滚来。”千古多少兴亡事，逝者如斯乎？而词人胸中倒来倒去的不尽愁思和感慨，又何尝不似这长流不息的江水呢！“大江东去，浪淘尽、千古风流人物”，想当年，在这江防战略要地，多少英雄“金戈铁马”，“气吞万里如虎”，三国时代的孙权就是其中最杰出的一位。“年少万兜鍪，坐断东南战未休。”他年纪轻轻就统率千军万马，雄踞东南一隅，奋发自强，战斗不息，何等英雄气概！据历史记载：孙权十九岁继父兄之业统治江东，西征黄祖，北拒曹操，独据一方。赤壁之战大破曹兵，年方二十七岁。这般不畏强敌，坚决抵抗，并战而胜之，反观当朝，文武之辈却尽是庸碌无能、懦怯苟安。

“天下英雄谁敌手？”若问天下英雄谁配称他的敌手呢？“曹刘”，唯曹操与刘备耳！《三国志·蜀书·先主传》中曹操曾对刘备说：“今天下英雄，惟使君（刘备）与操耳。”曹操和刘备如今都是孙权的配角了，天下英雄，只有曹操、刘备才堪与孙权争胜。传说曹操有一次与孙权对垒，见吴军乘着战船，军容整肃，孙权仪表堂堂，威风凛凛，乃喟然叹曰：“生子当如孙仲谋，刘景升（刘表）儿子若豚犬耳！”一世之雄如曹操，对敢于与自己抗衡的强者，投以敬佩的目光，而对于那种不战而请降的懦夫，如对刘景升儿子刘琮则十分轻视，斥为任人宰割的猪狗。把大好江山拱手奉献敌人，还要为敌人耻笑辱骂，这不就是历史上所有屈膝乞和、觍颜事仇的缺乏骨气的人的共同的可悲命运吗？

曹操所一褒一贬的两种人，形成了极其鲜明、强烈的对照，在南宋摇摇欲坠的政局中，不也有着主战与主和两种人吗？这当然不便明言，只好由读者自己去联想了。聪明的词人只做正面文章，对刘景升儿子这个反面角色，便不指名道姓以示众了。然而妙就妙在纵然不予道破，而又能使人感到不言而喻。因为上述曹操这段话众所周知，虽然辛弃疾只说了前一句赞语，人们马上就会联想起后面那句骂人的话，从而使人意识到辛弃疾的潜台词：可笑当朝主议和的众多王公大臣，不都是刘景升儿子之类的猪狗吗？天下英雄中只有曹操、刘备配称孙权的对手。连曹操都这样说，生儿子要像孙权这个样的呢！真是曲尽其妙，而又意在言外，令人拍案叫绝！“生子当如孙仲谋”，南宋时代人，如此看重孙权，实是那个时代特有的社会心理的反映。南宋朝廷实在太萎靡庸碌了，在历史上，孙权能称雄江东于一时，而南宋经过了好几代皇帝，竟没有出一个像孙权一样的人！

南宋王朝妥协腐败，怎样伤了这颗忧国忧民的心。君王沉湎于歌舞升平之中，臣子享乐在醉生梦死之外，他们蜷缩在半壁江山里，看着被践踏的大宋国土嬉戏。可是辛弃疾，他再也没有机会血溅战袍、以身许国了。他的满腔热忱与壮志雄心被昏庸的龙公书案掩埋了。他只能写他含血带泪的诗词，把它当作激励人民斗志的号角，当作他内心愁苦的倾诉者。

（三）

生命随年月流去，随白发老去，随着你离去。

这千古的兴亡，正好比悠悠东逝的长江水，滚滚流不尽。古往今来，有多少兴衰之事，也便如同这长江的水，向东流，不回头。

大江东去，生命如斯，岸边激荡起无数的浪花，淘尽苍生，古往今来，王侯将相，渔樵耕读，无不在历史苍茫的雾霭中，灰飞烟灭。遥望长空，人生如梦，是非成败，转眼阑珊。

那一轮江风明月，藏有多少悲歌，倾注多少清泪。也想临风举樽，衣角飘逸，借得一盏浩然之气，邀月痛饮，怕是只能低声浅吟，“千古兴亡多少事？悠悠。不尽长江滚滚流”。

念故国峥嵘：六朝旧事随流水，但寒烟芳草凝绿

桂枝香

登临送目，正故国晚秋，天气初肃。
千里澄江似练，翠峰如簇。
征帆去棹残阳里，背西风、酒旗斜矗。
采舟云淡，星河鹭起，画图难足。
念往昔、繁华竞逐，叹门外楼头，悲恨相续。
千古凭高对此，漫嗟荣辱。
六朝旧事随流水，但寒烟芳草凝绿。
至今商女，时时犹唱，后庭遗曲。

【一三三】

（一）

古来有学识、有抱负的文士，一旦登高望远，便兴起了满怀愁绪，这愁，不是区区个人私情，而常常是日月之迁流，世途之坎壈，家国之忧患，人生之苦辛……一起涌上心头，奔赴笔下，遂而写成了名篇佳作，历久长新。历来这类作品数不胜数，而王半山的这一阕《桂枝香》，实为个中翘楚。

治平四年（1067），王安石第二次被罢相，出知江宁府，在一派飒爽的晚秋天气中，他登高望远，大笔挥洒，写下了这首词。

南朝古都，金陵胜地，而时值深秋，天色傍晚，他在此意境之间，临江览胜，凭高吊古。虽以登高望远为主题，却是以故国晚秋为眼目。

登上高楼凭栏极目，金陵的景象正是一派晚秋，天气刚刚开始萧索。千里奔流的长江澄沏得好像一条白练，青翠的山峰俊伟峭拔犹如一束束箭镞。江上的小船张满了帆迅疾驶向夕阳里，岸旁迎着西风飘拂的是抖擞的酒旗斜出直矗。彩色缤纷的画船出没在淡淡的云里，江中洲上的白鹭时而停歇时而飞起，这清丽的景色就是用最美的图画也难把它画足。

回想往昔，奢华淫逸的生活无休止地互相竞逐，感叹“门外韩擒虎，楼头张丽华”的亡国悲恨接连相续。千古以来凭栏遥望，映入眼帘的景色就是如此，可不要感慨历史上的得失荣辱。六朝的风云变化全都消失于流水，只有那郊外的寒冷烟雾和衰萎的野草还凝聚着一片苍绿。直到如今的商女，还不知亡国的悲恨，时时放声歌唱《后庭》遗曲。

（二）

登高望远，却是以故国晚秋为眼目。一个“正”字领起，一个“初”字吟味，一个“肃”字点醒。笔力遒劲，精神振敛，无限涵咏，皆从此始。如此江山，如何“刻画”？不过一借描写六朝谢家名句——“解道‘澄江净如练’，令人长忆谢玄晖”；一出自家随手拈举。即一个“似练”，一个“如簇”，形胜已赫然，全是大方家数，盖在此间容不得半点儿描眉画鬓。然后即遗山光而专江色——纵目一望，只见斜阳映照之下，数不清的帆风樯影，交错于闪闪江波之上。更一凝睛细审，却又见西风紧处，那酒肆青旗高高挑起，因风飘拂。帆樯为广景，为“宏观”；酒旗为细景，为“微象”；而皆江上水边之人事也。故词人之领受，自以购物为导引，而以人事为着落。然而，学文之士，却莫忘他一个“背”字，一个“矗”字，又是何等神采，何等警策！为文采计，似宜稍稍刷色。于是乃有“彩舟”“星河”两句一联，顿增明丽。笔锋就此敛住，到底是“画图难足”。

如此好景，却感叹六朝皆经荒乐而相继亡覆。其间说到了悲恨荣辱，空贻后人凭吊之资；往事无痕，唯见秋草凄碧，触目惊心而已。时至今日，六朝已远，但其遗曲，往往犹似可闻——“商女不知亡国恨，隔江犹唱《后庭花》。”此唐贤小杜于“烟笼寒水月笼沙，夜泊秦淮近酒家”时所吟名句也，词人复加运用，便觉尺幅千里，饶有有余不尽之情致，而嗟叹之意，于以弥永。

“至今商女，时时犹唱，后庭遗曲”，靡靡亡国音，拳拳爱国心，写尽王安石对国家前途的忧虑。南北朝时期，陈国最后一位国君，后主陈叔宝在位时，北朝的隋文帝杨坚任贤纳谏，整饬军备，随时准备攻占江南富饶之地。而陈后主却无视隋文帝的勃勃雄心，和贵妃们日夕达旦地饮酒赋诗、征歌逐色，过着奢侈荒淫的生活。甚至在隋朝大将韩擒虎率军兵临城下时，陈后主还在金陵城中与宠妃张丽华寻欢作乐，演奏靡靡之音《玉树后庭花》，杜牧为此写下诗句“门外韩擒虎，楼头张丽华”讥讽他们。

如果只是商女不知亡国恨，或许无关大局。然而，现在却是宋朝的统治者没有吸取历史教训，他们不思改革，麻木不仁，整天宴饮玩乐，豪奢铺张，这怎能不让王安石忧心忡忡？他带着一怀愁绪，在六朝故都登高远眺，千古得失，时事云烟，一齐涌上心头。他情不能已，唱出了这首沉雄悲壮的《桂枝香》。

东吴开始，东晋、宋、梁、陈及南唐皆在金陵建都，也亡国于此，李白、刘禹锡、杜牧、韦庄，包括南宋辛弃疾等许多著名文人曾来此怀古凭吊，留下不少精美作品，但王安石的这首《桂枝香》立意高远，笔力遒劲，气象宏阔，雄浑深沉，被推为绝唱。连苏轼读完这首词，也拍案叫绝。

王安石一生的最大志向并非诗词文章，而是政治改革。他为人刚正，处事敢于坚持己见，百折不挠，人称“拗相公”。他身居宰相高位，仍清廉自守。然而他所置身的宋朝，社会危机四伏，阶级矛盾、民族矛盾和统治阶级内部矛盾交织在一起，国家越来越衰弱。在艰难的境地中，他推行变法几十年，取得一些成绩，但是，由于保守派的强烈反对，再加上改革本身的缺陷和用人不当，许多小人成了王安石的亲信，举着改革大旗为非作歹，为己谋利，百姓苦不堪言。王安石众叛亲离，两次被罢相，最后闲居江宁，过起隐居生活。宋哲宗即位后，此前的新法全部被废除，王安石痛惜不已，悲愤难当，没过多久便带着深深的遗憾离开了人世。

“至今商女，时时犹唱，后庭遗曲”，正如词人所担忧的，腐朽保守、不思进取的大宋王朝在亡国之音的乐曲声中，一步步走向衰亡。

（三）

经历两千多年历史的金陵，经历了繁华与败落、奢华与灾难的金陵。至今，我们行走其间，还能忆起那时的风、雨、人与事。即使经过战乱，留下一片废墟，即使经过无数的变迁，却还有记忆在告诉我们曾经的历史，这是一种延续。

六朝旧事随流水，但寒烟芳草凝绿。

多少楼台烟雨中，烟雨借繁华，而世事，却只是随流水，绵绵无尽期。

依稀盛世难记：
相对如说兴亡，斜阳里

西河·金陵怀古

佳丽地，南朝盛事谁记？
山围故国绕清江，髻鬟对起。
怒涛寂寞打孤城，风樯遥度天际。
断崖树、犹倒倚，莫愁艇子曾系。
空馀旧迹郁苍苍，雾沉半垒。
夜深月过女墙来，伤心东望淮水。
酒旗戏鼓甚处市？
想依稀、王谢邻里，燕子不知何世，
入寻常、巷陌人家，相对如说兴亡，斜阳里。

（一）

古之十里秦淮，犹盛于近之上海十里洋场。可以说，秦淮河见证了中国大半部历史，孕育了南京的古老文化。相传始皇东巡，望金陵上空紫气升腾，以为王气，于是凿山引河，遂为秦淮。东吴以来，秦淮河两岸一直是繁华的商业区和居民地。两晋至今，“六朝金粉”秦淮河几乎长盛不衰。

然而，如此绮丽的胜地，南朝的繁华有谁还曾记忆？青山围住古城，城下是大江浪滔滔，青翠的山峰如女子的双髻相对而起。喧嚣的怒涛击拍着寂寞的城池，帆船驰向遥远的天际。

枯树老枝依然倒立般扎根在断崖峭壁上，昔年莫愁女在此曾系过游艇。往事已逝去，空留下些许旧迹，掩映在郁郁葱葱的树林之中。雾气笼罩处，半隐半现的便是那旧日的营垒。夜深时，月光会越过女墙，像是伤心地望着东去的秦淮河。

当年热闹繁盛的酒肆戏楼，如今又搬到何处了？想必是与王谢大族的旧居结成邻里。燕子哪里晓得当今何世，只在那寻常百姓人家的屋檐下两两相对；斜阳中那呢喃燕语，仿佛在叙说这古城的盛衰兴亡。

（二）

北宋末年，强虏猖獗，国势衰微，周邦彦在此时写下了这首《金陵怀古》。周邦彦一生仕途并不顺利，几经擢拔贬谪，常常漂泊一人。这首词约作于作者任溧水县令之时，当时溧水县属江宁府管辖，来往金陵本为县令常事。金陵，经历魏晋时吴国定都于此，东晋的发展，南朝的经营，已成为江南的经济文化中心，与长安、洛阳并称三京，其富庶繁荣程度丝毫不在关右陇中之下，甚至犹有过之。

相对如说兴亡，历史的兴衰胜败总让不同时期不同境遇的文人骚客深深感慨，周邦彦也不外乎如此。当周邦彦带着他特有的寂寥与感时忧国的心境走过那曾经辉煌而如今没落的金陵的时候，美好的诗句犹在耳边，而世间早已物是人非，关于历史盛衰兴亡和时间无情流逝的永恒话题涌上了他的心头。

金陵自古以来就是佳丽地，那南朝的盛事还有谁记得？青山围绕着旧都环绕长江两岸，对峙的山峰像美人头上的髻鬟，怒卷的狂涛拍打着空旷的孤城，船儿风帆高悬驶向遥远天际。“佳丽地”，直指金陵，开篇华贵而繁盛，然而情绪却急转直下，那些曾经建都金陵的宋、齐、梁、陈等朝代的盛事繁华，又有谁记得呢？金陵因山为城，因江为池，形势险固，但纵然是青山长江、山峰怒涛，也都留不住那逝去的繁华。眼见景物依旧，却只剩下怒涛拍打孤城，更以天际的风帆给人一种空旷落寞之感。断崖上的古老树木，依然倒挂于绝壁，莫愁姑娘的船儿曾经牵系在这里。历史留下的旧迹都已经苍苍灰暗，浓雾埋没了半边城的营垒，望去一片苍青。深夜月亮越过城上的短墙，伤心东望秦淮河的流水。“断崖树，犹倒倚”，着一“犹”字，使眼前实景带上历史色彩。接着又以莫愁旧典、故城营垒、月下女墙铺陈出词人一怀愁绪，景物依然而人事已非的伤感。往日的酒楼戏馆都在哪里？想那冷落的街巷，或许就是当年豪门贵族的故居。燕子不知现在是何朝代，它们飞向寻常街巷人家，好像在诉说古都的兴亡，相对呢喃细语在斜阳里。这是何处的繁华市面呢？就连当年贵族住的乌衣巷现在也换了主人。思及此，不禁因物是人非而产生人世沧桑的感慨，燕子是不知人事变迁的，依然飞进往年栖息过的高门大宅，而今已成为寻常百姓家的居所，夕阳余晖中成对的燕子，落在周邦彦眼中，却成了同样有知有情的历史见证者，不禁发出“燕子不知何世，入寻常、巷陌人家，相对如说兴亡，斜阳里”的兴亡之叹。

漫步金陵城中，所见之景，点点滴滴涌上心头，他的脑中突然涌现出了一个古老而永恒的话题——生命的有限哪堪面对历史兴亡的洪流。人生是有限的，历史却是从不停歇的，曾经的南朝佳丽地，如今却落寞孤单，那些所有证明曾经辉煌的历史遗迹，也都斑驳陆离暮霭沉沉，无论是闹市还是豪门，也都逃不过时间的判决。最终一轮斜阳，两只飞燕，把关于历史的无限遐思捧给了我们。也许是无意识吧，纵然这种思考是何等的强烈和撞击人心，但他并没有给我们任何对生命或历史的对策，只有一种比解决问题更多的美感——那是一种忧伤，一种寂寞，一种在对历史的回忆中体会到的重量，难以言状的凄美。

（三）

面对历史那千古悠悠岁月，就如同奔流的长河，经久不息。面对千古历史兴衰胜败，每个人也许都只是匆匆的过客。当多情的诗人面对千古烟波浩荡，那历史的长河仿佛奔流着对人生的嘱托，于是词人留下了万民百世传唱吟诵的词句，留下对历史与人生的真实的传说与怀念。也许这并不能满足我们对历史的回忆，也许他对历史的理解更不够理性，但周美成就是文人，不是政治学家、哲学家，甚至也不是历史学家。他很留恋，却很无奈；很单纯，但很深刻；很怀念，也很失望；很美丽，又很伤痛……承载着中国文人特有的深情与忧伤，在华夏大地上千载不息，眷恋着浩瀚却无可挽留的历史，相对如说兴亡。

他该是寂寞如雪吧。芳草、斜阳、燕子，在他看来，都是那样遥远，那样熟悉。也许寻寻觅觅之中它们似乎远去，它们似乎又重来。“酒旗戏鼓甚处市？想依稀、王谢邻里，燕子不知何世，入寻常、巷陌人家，相对如说兴亡，斜阳里。”总有一道永恒的背景不变，那就是斜阳常照。在那样的斜阳暮景之中，一切是迷茫的、一切是温暖的，迷茫如同前尘往事，温暖如同旧梦归来。

兴废由人事，山川空地形。千年的沧桑，使一种巨大的美慢慢离去，不能再企及。而金陵，经历了千年的风雨繁华，淡定从容地站在历史的山峰上，看沧桑变化，云卷云舒。

卷六

悠游·自在·哲思一缕度人生

莫枉劳心：
粗茶淡饭，赢取饱和暖

相思会·千年调

人无百年人，刚作千年调。
待把门关铁铸，鬼见失笑。
多愁早老。惹尽闲烦恼。
我醒也，枉劳心，谩计较。

粗衣淡饭，赢取暖和饱。
住个宅儿，只要不大不小。
常教洁净，不种闲花草。
据见定、乐平生，便是神仙了。

【一四五】

（一）

年幼的时候，看老人手上的十二湘妃竹扇骨，青质冰凉，扇面上书写的便是“知足常乐”，陈年古墨在宣纸上的渲染，儿童咿咿呀呀地念着，学会了最初的道理。

世间繁华，红尘紫陌，所知所念良多。朱门酒肉，雕栏玉砌，加官晋爵。这些本身不是价值，却在很多时候，是自我价值的外在物质体现。与其说是诱惑，不如说是人的贪念。不知满足，贪得无厌。

其实，我们的先人，似乎很早就明白了这个道理，老子《道德经》有云：五色令人目盲，五音令人耳聋，五味令人口爽，驰骋畋猎令人心发狂，难得之货令人行妨。是以圣人，为腹不为目，故去彼取此。说的是纷繁的色彩、音乐、味道、财货容易迷失自己，抱朴守拙，粗衣淡饭，赢取暖和饱即可。

诚如《菜根谭》中所说：神酣，布被窝中，得天地冲和之气；味足，藜羹饭后，识人生淡泊之真。只是，有人走出这万丈凡尘，靡靡困境，却总有人困顿其中，一念成佛，一念成魔。

曹组不是不识愁滋味而强说愁的少年，也非那盼不到富贵而自嘲安于贫贱的酸秀才，虽六次应试而不第，但与其兄曹纬以学识见称于太学，并于宣和三年殿试中甲，赐同进士出身。虽屡历挫折，但一朝荣登天子榜，圆了多少读书人的梦，元宠（曹组字元宠）他鲤跃龙门，富贵更是等身。

曹组，可以说在宋词坛上名不见经传。史料记载，他才思敏捷，深得徽宗喜爱，宦途也算顺利。其词，浅薄俚俗，或悱恻艳丽，并不是词中之佳品。但这首《相思会》，浅白而富含哲理，流俗俚语，已经有些元曲词采的风貌。一句“粗衣淡饭，赢取暖和饱”，不像一般为官者所言，倒似筑室松下，脱帽看诗的隐者所言。想必，这是位极为通透豁达之人。何必百年作千年调，何必多愁枉劳，不如安稳岁月，安乐平生。

“粗衣淡饭，赢取暖和饱”，看到这句话，第一个想到的人，便是颜渊，孔子最得意的弟子，谦虚好学，安贫乐道，实践了孔子“饭疏食饮水，曲肱而枕之，乐亦在其中”的人生态度。一箪食，一瓢饮，在陋巷，人不堪其忧，回也不改其乐。这些人，虽落魄贫困，精神却极其富足，他们不被外物所困，所需亦是十分简单，衣，足以蔽体，食，足以果腹，即可。身外十万红莲业火，心内明净若菩提。

（二）

何如尊酒，日往烟萝。花覆茆檐，疏雨相过。倒酒既尽，杖藜行过。旷达者，多粗朴。粗衣淡饭，返璞归真。曹组写来，似有隐者的态度。

这些人，曾经显达荣华，在经历世事变幻后，醍醐灌顶，归于田园，甘于平实。也许，官场的尔虞我诈，虚与委蛇，在真真假假虚虚实实中过了半辈子，才真切地看清，平平淡淡才是真。鲈鱼堪脍，季鹰归乡；竹林幽远，嵇康打铁；南山有菊，陶潜挂官。淡泊名利，褪去浮华。生活自适其性，贵人不若平民。

其实，在几百年后，又生出一位才子，桃花林下桃花坞，云蒸霞蔚，灼灼其华：

桃花坞里桃花庵，桃花庵下桃花仙。
桃花仙人种桃树，又摘桃花换酒钱。
酒醒只在花前坐，酒醉还来花下眠。
半醉半醒日复日，花落花开年复年。
但愿老死花酒间，不愿鞠躬车马前。
车尘马足显者事，酒盏花枝隐士缘。
若将显者比隐士，一在平地一在天。
若将花酒比车马，彼何碌碌我何闲。
世人笑我太疯癫，我笑他人看不穿。
不见五陵豪杰墓，无花无酒锄作田。

唐寅的一首《桃花庵歌》，真真的是羡煞旁人哪！伴花而眠，花艳酒香，自在潇洒。难怪若干年后，后人要杜撰一出“唐伯虎点秋香”来，把原本清寡的文人逸事镀上一层玫瑰色来。

如果说曹组这首《相思会》带些玩世不恭、知足自在、抱朴见素的处世哲学，那么《桃花庵歌》便是在这个基础上一种文人自觉自醒的书写。不同时代，同用一方青玉案，歙砚微润，抽去其外表，深入内心，大音希声，大象无形。

（三）

许是看惯了仕途官场的荣宠争夺与钩心斗角，许是看到太多的人因愁而早老，许是想到连那雄霸天下的始皇都没能求得长生未百年而终，许是艳羡那自在无忧的五柳先生悠然采菊于南山，曹组竟于繁华背后悟得真义，不再劳心计较于俗世之事，只想返璞归真，乐得自在。

纵然有古传八百年长寿彭祖，然圣贤孔子有云“七十古来稀”，耄耋之年的老者更是少有，何况这百年的长生。那一统天下，何其壮哉、伟哉的始皇即便上下求索兮访仙炼药，仍免不了黄土下的长眠，何况我等悠悠众生，几人度得了百年坎，几人做得了千年梦。

纵然是满箱的金和银，纵然堆砌了铜墙和铁壁，生关死劫几人能免？闲愁有几何？空堂陋室饥苦寒，待得酒肉穿肠过，一身紫蟒却又嫌它何其长；脂浓粉香爱煞人，岁月无情却又叹那人老珠黄鬓成霜。有的是旧时王谢堂前燕，少的是富贵如意长生梦，寒来暑往，几度冬秋寒，几度春夏暖，桃花年年开，人面不复见。

罢！愁多早老，何故让那烦恼漫生心头，何苦为他人作嫁衣裳？尘世纷纷不断，举世昏沉又如何，今醒悟，抛开纷杂，且不去计较那些许，愿生命为之清亮，愿世界由此简单。

莫以心为形役，知足常乐如五柳先生，“不戚戚于贫贱，不汲汲于富贵”，安贫乐道，采菊隐世，麻衣粗布覆体即可，粗茶淡饭果腹即可，短褐穿结箪瓢屡空亦晏如，何况挣得了暖与饱。非那陋室空堂，亦没有结满梁的蛛丝儿，不大不小一间宅屋，不作天为被地为席之语，安居而已，安眠而已。

花草有情亦劳心，君不见潇湘二妃泣竹成斑，子美国破感花泣泪，更有秉烛殷勤夜护花之人，花开则喜，花落则悲，平添无数愁。宅院自可清雅净爽，有客则迎，杯盏之间话桑麻。知足乐平生，又与神仙何异呢？

作者的思绪早飞离了繁华的皇城，飞向了他心之所向的桃源——

【一四九】

某个碧天如洗似古往今来无数个平常的日子，在矮小却并非破旧的普通农家里，山妻做好了简单饭菜，用针线缝补着粗布衣裳，看家人吃着素淡也非可口的饭食却甘之如饴，满足地微笑。

宅院适宜简单，恰好不大不小一间，虽非是能够大庇天下寒士的广厦，却也能包容得下所有繁华褪尽后的内心世界，容得下他自在闲步。纵使尘事纷杂，任它去吧，心内不为外物所动。安贫乐道，知足安稳的岁月悠悠，便是那逍遥快活的神仙了吧。

莫枉劳心，又何须劳心，暖而不寒，饱而不饥，心下无碍，便是那自在清明最好的岁月。

知足心常惬，无求品自高：人生有味是清欢

浣溪沙

元丰七年十二月二十四日，从泗州刘倩叔游南山

细雨斜风作晓寒。淡烟疏柳媚晴滩。
入淮清洛渐漫漫。
雪沫乳花浮午盏，蓼茸蒿笋试春盘。
人间有味是清欢。

（一）

苏轼，北宋乃至整个中国历史上的传奇人物，他才高八斗却宦途波折，屡遭贬责却生性豁达。太多的作品、太多的逸事、太多的赞誉，他已逐步被后世推上神坛。对于这样一位成就非凡的文学家，我一直心生敬意，林语堂先生的一本《苏东坡传》，写尽了苏轼，要提笔再来写这位文动千古的大才子，不过是拾人牙慧罢了。但是，我依然保持一颗诚挚的心灵，从这首《浣溪沙》，走进这位“无可救药的乐天派”的世界。

苏轼的浣溪沙有很多篇，名句颇多，有“谁道人生无再少？门前流水尚能西！休将白发唱黄鸡”“酒困路长惟欲睡，日高人渴漫思茶，敲门试问野人家”。这首词是苏轼从黄州迁往汝州做团练副使，请罢汝州职，游于泗州时所作。此时的苏轼，已历经了青年时代名动京师的追捧赞誉、守孝归朝的政局变动、乌台诗案的死亡威胁、被贬黄州的寄情山水、重得重用的汝州之行、不幸丧子的哀恸困顿。这样起起伏伏、悲欢离合的经历，已经深深浅浅地刻入中年苏轼心头了。

余秋雨在《苏东坡突围》中写道：黄州，注定要与这位伤痕累累的突围者进行一次继往开来的壮丽对话。然而，突围之后的苏轼，又会以一种怎样复杂的心态来回望这样的前半生呢。

这首浣溪沙，虽是与友人游览南山的感怀，却可见此时词人的人生况味。元丰七年十二月二十四日，此时，应该已是寒冬腊月。泗州，安徽东北部，长江以北，天气应该是极为寒冷恶劣的，而苏轼一句“细雨斜风作晓寒”，一笔带过，似乎不畏寒冷，满不在乎。真的是不畏寒冷吗？想想在黄州，极其低迷之时，穿林打叶，亦可“竹杖芒鞋轻胜马”，这时，即使深冬清晨极寒，亦不过尔尔。最让众文人墨客新奇的这句“雪沫乳花浮午盏，蓼茸蒿笋试春盘”，如此简单清寡的食物，却写得诗意盎然，情趣非常。知足心惬，清蔬炒茶，亦是人间美味。更值得人津津乐道的是，苏轼不仅善诗文，也爱美食，著名的东坡肉，便是他的首创，此外，无论贬责到哪里，他都能找到可喜的果蔬：罗浮山下四时春，卢橘杨梅次第新。日啖荔枝三百颗，不辞长做岭南人。这样一个爱生活，性豁达的才子，难怪有窗棂下偷听读书的女子，有甘奔波辗转一路相陪的女子，有一夜倾谈青灯古佛的女子。既见君子，云胡不喜？

（二）

“人间有味是清欢”，当看遍世间繁华沧桑，尝遍人间酸甜苦辣，方知清欢况味。也许拣尽寒枝不肯栖，始终走不出这起起伏伏的宦途生涯，亦能在月色入户，庭下如积水空明，水中藻荇交横之时，闲步赏月；亦能东坡处处筑苏堤，为官一方，造福一方；亦能看取道旁石，信是补天遗。清欢人间，不是竹林隐逸，不是南山锄豆，是经历沧桑后的坚守，不改初心，简单明了。

这样一种简单而超然的生活愿景，伴苏轼一生，却始终求而不得。宋哲宗即位，司马光重新拜相，苏轼再次被起用，不久，因谏其旧党之过失，又遭打压陷害。此时处于新旧党之间困境的苏轼，左迁杭州、颍州、惠州等地，所到之处，筑堤安民。绍圣四年，宦海起伏中已是六十余岁高龄的苏轼，再次被贬儋州（海南岛），直到宋徽宗即位，天下大赦，这位白发苍苍的老人才得以召回，然北归途中劳疾而亡。

纵观苏轼的一生，是文人贬责的一生，他走过中国大部分地区，所到之处，竭尽所能，造福百姓。他在出世与入世中选择积极出世，九死不悔。人间有味是清欢，身为大海扁舟，心似细水长流。苏轼，真正做到了外化而内不化的境界。

（三）

苏轼死后，宋高宗追封他为太师，谥号“文忠”，“文忠”二字，当真是极为恰当的，文，以彪炳千古；忠，为不改初心。

多少人仰慕的苏子，走入神坛的苏子，无论是诗、词、文、绘画、书法，甚至饮食都能被人赞不绝口的苏子，所思所喜的，不过是那“人间有味是清欢”了。

闲来几度春秋：酿成千顷稻花香

鹊桥仙·己酉山行书所见

松冈避暑，茅檐避雨，闲去闲来几度？
醉扶孤石看飞泉，又却是，前回醒处。
东家娶妇，西家归女，灯火门前笑语。
酿成千顷稻花香，夜夜费，一天风露。

他是英雄虎胆、豪放壮烈的抗金勇士，也是笔力雄厚、词中之龙的词人之杰，他文武双全，波澜壮阔的一生令人称奇也令人唏嘘，满腔热忱的忠肝义胆更是令人赞颂称道。

传奇始自少年时，弱冠之年的他听闻金军南下，便凭借着惊人的号召力聚集两千人众参加起义军；听闻叛徒叛变致使义军溃散后，仅率五十多人突袭几万敌众之营将叛徒生擒，壮声英慨，名动京师，就连圣上见之亦是“一见三叹息”。

少年英豪如他，自是从此踏入仕途，进入仕宦生涯。生而有豪情，满腔的热血沸腾于胸口，幼安渴望着恢复失地，却不想厌战懦弱的南宋朝廷渐渐浇灭着他的热情，更因自己的“刚拙自信”渐不为人所容。早早嗅到了危险不安的气息，幼安未雨绸缪，于上饶修建园榭，只等那离职后的定居。

虽羡慕笑傲山林的隐逸高人，但这一天对他来说却来得太早了。盛年之时，却不得不被迫离开政治舞台，他的君懦弱无能，他的同僚对如此出色的他早已暗中妒忌而致加害，于是受到弹劾的他便只得离开政坛，只可惜了那一腔的热血，那一个收复河山的梦。

归隐之际，园榭初成，倒也多少抚慰了幼安的落寞的心。“高处建舍，低处辟田”，幼安依据上饶带湖的地形地势亲自设计，并将带湖庄园取名“稼轩”，从此世间多了一位稼轩居士。

故事也便从稼轩居士开始。赋闲之后的他，暑热之际便于松冈取凉，阴雨之时便在茅檐避雨，便是这上山、下山、晴天、雨天间，来来回回不知多少光阴，竟是多到不可复数。

“古来圣贤皆寂寞，惟有饮者留其名”，许是有感身受于太白遭际，稼轩常常饮酒而致酩酊大醉。每每此时，他总会扶着山石，看那从山间一泻而下的泉水，痛快淋漓似从天际飞下。醉眼迷离，却也总是会意识到，这竟是前几次酒醒之处，如今复醉于此，却也无可奈何。

隐居生活多得农家趣味，生活的喧闹有时也别有意味。曾有一日，东家女儿正热闹出嫁，却恰巧遇上了西家女儿归家省亲，两家各是亲朋云集热闹非凡。稼轩充满趣味地看着这场景，此时村外田野里的柔风轻露漫天飘洒，仿佛是酝酿制造着稻香千顷，“稻花香里说丰年”，这丰收似乎就在眼前了！多么和谐、喜悦的一派乡村之景啊！稼轩为这一切所陶醉了，暂忘了那亡国的痛，暂忘了那壮志难酬的苦。

但真能忘却吗？稼轩的隐居生活是否真的如意安详？不，他总是梦回，那里有铁马金戈，那里有“醉里挑灯看剑”的豪迈，这一切是不能忘却的，总在夜深时袭上心扉。廉颇尚能饭否啊，他仍是随时准备着披甲执剑、气冲云霄地奋勇杀敌，直至驱除鞑虏，恢复河山，到那时，他才能够安然归隐，做他的世外高人。不然，今日为何总是酩酊大醉？醉酒皆因愁，殊不知“借酒浇愁愁更愁”，但起码能够换得醉酒后的片刻无知无觉，这片刻的时光对于一颗煎熬的内心来说是弥足珍贵的，但稼轩性非嗜酒啊！

待那河山收复，稼轩便不再是醉眼看飞泉、醉眼看嫁娶了，他将微笑着坐于山石间静听泉声，闲步着遇到嫁娶人家前去恭贺，隐于市而非隐于世。

待得河山收复啊，那千顷的稻花将香飘万家，无须风来便清香四溢，直醉得行人喜笑颜开，直醉得世人愉悦舒畅，无须饮酒便自醉。

但这一刻的稼轩亦是安宁愉悦的，因为暂时跳脱出了自己的愁苦，因为将心暂赋予这一片农家喜景，此刻的他只是那喜悦人群中的一员，在值得庆贺的一天里，欢喜愉悦地度过这一天，闻着风中飘来的稻花香，无比憧憬地想着丰收的那天景象，想着将稻花酿成芳香四溢酒水的那一天，想着举国欢庆举杯共饮的那一天，而那一天，是他梦中憧憬过千万遍的，也是至死也呼喊着要实现的日子——收复河山！

此刻，且让稻花慢慢飘香，稼轩居士闻着稻花香暂时平复了内心的伤。

何齐人间事：
富贵有馀乐，贫贱不堪忧

水调歌头

富贵有馀乐，贫贱不堪忧。
谁知天路幽险，倚伏互相酬。
请看东门黄犬，更听华亭清唳，千古恨难收。
何似鸱夷子，散发弄扁舟。鸱夷子，成霸业，有馀谋。
致身千乘卿相，归把钓鱼钩。
春昼五湖烟浪，秋夜一天云月，此外尽悠悠。
永弃人间事，吾道付沧州。

朱熹是穷理致知的理学集大成者，是心怀万民躬身实践的政治家，是著作等身惠泽后世的大教育家，是“继往圣将微之绪，启前贤未发之机，辨诸儒之得失，辟异端之论谬，明天理，证人心”的好老师，思想昭彰，硕果累牍，一代大家。

朱熹字元晦，自幼颖悟，年幼之时便与众小儿不同，虽幼年丧父，家道中落以至赤贫，却处贫贱不变其节，继而未及弱冠便崭露头角，在乡试中脱颖而出，很快便入进士开始了仕途之旅。

他刚直不阿，从政为民，宁可荒政辞职也要使百姓免饥、纳粮者有所犒赏，天灾之下百姓得以存活；他暗访民情，为民谋利，郡县官吏皆为其肃然；他有谋有勇，抗击外敌之际上书圣上“罢黜合议，任用贤能”，满腔忠君爱国热血。

他的出类拔萃却似招风的大树般，引来了一众蝇营狗苟小人的忌惮和妒忌，非议之声不绝于耳，乃至连明理之学亦被斥为“伪学”，元晦本人被斥“伪师”，追随者被斥“伪徒”，甚至牵连到与他学识思想有关的人等。

为官五十载，于外做官二十七年，在朝为官仅四十日，家境贫寒如旧，甚至要被接济为生，却仍安然处之。即使富贵之时也有可以置身的乐趣所在，贫贱之时更是不需去焦心忧虑，这世间诡谲变幻，福祸相依，否极泰来，自是天道纲常，又何须去忧虑这许多事呢？

元晦起伏变幻的人生正是此般写照：曾为皇帝所重视欣赏，却也因佞臣的诬陷而至免职落官，大起大落的人生里，元晦身处高位之时竭心为民、致力学术，身居低处时自在安然，弘扬学术自得其乐，正是明白这福祸相替的道理。

仕宦之途难测，怕是早也厌倦了吧。想那秦相李斯遭受腰斩之时，仍盼念着牵狗狩猎，却已是抽身无门；陆机命终之际最留恋的，却是那最寻常的华亭鹤鸣的美好景象，但只能临终时唏嘘。宦途如海，一入深沉，竟最终才发觉最想念的竟是最寻常的快乐。元晦深知这似海深的官场里没有他要寻的景，不想也做那遗恨终身的人。

最羡那散发弄扁舟的鸱夷子范蠡。这样的人真是少有啊！生助越王卧薪尝胆以吞吴，赢得了霸业一方，成了千乘卿相。有勇有谋亦有智，经商而致巨富，却在功成名就后急流勇退，留得身前身后名，抽身而退，泛舟垂钓于江湖之上，自在逍遥乐似神仙，管他人间春夏与秋冬，逍遥做他天地一散人。

春景如画。待得春日，五湖之上总是蒸腾起层层烟浪，如梦似幻，泛舟于其间，不识人间岁月；秋夜苍茫。待得秋夜，漫天的云与月相逐，云遮月抑或是月走云，清凉如洗，也便只剩这漫天云月。除却这眼中之景，岁月便悠悠晃晃像走到了尽头，此外诸事不存，诸念不起。此情此景，竟只有鸱夷子范蠡躬身实践，羡煞旁人。

元晦许是艳羡了泛舟湖畔的鸱夷子，许是厌倦了尔虞我诈的官宦生涯，多想像那范蠡一般，永久地摆脱世事，只专注于沧州的一方书屋，安心做起学问。

无论是“白鹿洞书院”“岳麓书院”还是“武夷精舍”，元晦却是无有一刻不致心致力于学——他的笔下“理学”开了花结了果，他劝慰人读书学那“活水”，他叫人不可辜负了一寸光阴，他的“学规”成了各大书院的楷模；他精通儒释道，并将儒学发扬光大，节选出的“四书”成了后世科考的依据。

元晦短暂的官场生涯似乎便是让他明白，如何的人生才是其心之所向。或许无有范蠡般旷达随性的生活，但书屋内的一隅更适于“放浪形骸”，范蠡的湖便是元晦的书屋，不仅“垂钓得趣”，更将这“鱼儿”与众人分享，惠及苍生。

人事难两全，但可处境不改节。于世间寻得一件可为之呕血无悔的事业，便能于富贵处不变其志，贫贱时不为事忧，从此自在安稳而富足。

任时光荏苒：
黄花白发相牵挽，付与时人冷眼看

鹧鸪天

座中有眉山隐客史应之和前韵

黄菊枝头生晓寒。
人生莫放酒杯干。
风前横笛斜吹雨，醉里簪花倒著冠。
身健，且加餐。
舞裙歌板尽清欢。
黄花白发相牵挽，付与时人冷眼看。

他是盛极一时的江西诗派开山之祖，集诗人、词人、书法家的名号于一身，出于苏东坡门下，名列“苏门四学士”，其后更与东坡齐名。他的诗奇崛瘦硬不轻俗，他的词风流跌宕兼豪迈，他的书法尤其草书更臻炉火纯青之境，不泥古法龙飞凤舞为世人所称赞。

鲁直自幼颖悟，少年时更随以藏书、博学闻名当时的舅父一同至淮南游学。科考首次受挫，乌台诗后却泰然自若；再考，一句“渭水空藏月，传岩深锁烟”引得主考官拍案叫绝，博得省试第一，次年更中三甲进士。从此鲁直登上仕途，开启了仕宦之旅。

但这仕宦之旅却充满坎坷。初涉仕途，鲁直对校吏生涯便充满了郁郁不乐的心情，虽后因考试优等擢升，渐掌得小地实权，却因政见异同惹祸上身，从此种下了日后贬谪波折的祸根。

皇家龙权交替，鲁直便也随着这交替浮沉官场。皇权在此君，顺境时文采昭彰，才有所用；皇权在彼君，逆境时屡遭贬谪，才屈不申。但无论顺逆，鲁直皆能处之泰然，以诗书为友，自在沉醉于艺术世界之中。被贬涪州、黔州之际，寓居开元寺仍诵书写字一刻不休，未以贬谪故心生愤懑或心静不宁，别号涪翁自显大家风度。

虽远离是非官祸，是非却总也避之不及。为免遭受再度迫害，涪翁在僧寺居住期间不得已称己“身如槁木，心如死灰”，甚至称所居室为“槁木庵”“死灰”，如此方才度过几年尚算安定的日子。

再度起用，岁月不宁，任职不过九天即被罢免，奸臣再度受宠，将迫害罪恶的魔爪伸向文学领域，一众名士学者文集惨遭焚毁。涪翁自在旧党之列，在立下“元祐奸党碑”将旧党人物一网打尽的灰暗天空下，涪翁这只短翼的飞鸟是无论如何都难以出逃的。

晚年余生不得安，屡遭贬谪。贬谪之人为人所轻，租房迁寺皆为官府所难，只得被迫迁至城头破败戍楼栖身。贫寒零落内心郁结，涪翁终是力不能支，最终病丧于宜州贬所。

虽于文坛开得一派新风气，身世坎坷波折却奈何，倒不如好友眉山隐客活得潇洒自如。身不由己心却相随，故这位自称山谷道人、又不融于官场的士人与眉山隐客颇为相得，把酒对饮相得甚欢。

重阳佳节，黄菊开满枝头，天气微凉，如此佳节美景怎可少得与好友把酒言欢的快意。酒中自有天地阔，千殇不尽闲愁开。山谷道人与眉山隐客对酌相饮，看充满凉意的天气下怒放的黄菊，微醺的视角下仿佛更加艳丽，此情此景，怎可停下对饮使得酒杯空干呢？酒醉不知愁，人生便该是这不知愁的快意啊！

酒酣之际，浑然忘我，自是放浪形骸任做逍遥之事。风雨奈何它，我自横笛一曲奏他个天地辽阔、万事太平；山花多浪漫，簪花发间效他个妩媚娘子；帽儿正反又何妨，我今倒着照样个潇洒人间。

趁着身体康健，餐饭多加，听歌赏舞尽情享受目下的欢乐，人生得意与否又何妨我及时行乐，孰人得知明日有怎样的挫折打击，便趁着身康体健、好友在侧尽情嬉乐，在醒时同尽欢乐，醉后便又要各自分散了。

待得鹤发，又是一个重阳开满黄花的日子，便与那经霜历久仍昂扬的黄花一起，冷眼看这世上的纷扰嚣杂，保持自己的高洁品质，绝不与那些腐败腌臜的群体同流合污，即便不得世人谅解，于己亦是无碍，宁守节操为时人所侧目。

经历过诸多政治风雨的山谷道人，只得栖居于自己清白无染的精神世界，在这方土地，起码能有片刻的安宁，能有恣肆欢乐的节奏，能奏出放浪形骸的自由音符，能够做一个自在无碍的绮梦。

因不得故有所待，故有风雨横笛、插花倒着帽的无碍期待，但正是在这份期待里，藏有一颗受压抑而郁结愤懑的心，使得这颗心既不能发声于宦途，那便寄情于狂欢，将无尽的心酸苦痛付与不空的杯盏，让制造绮梦、浇灭哀愁的杜康抚慰这颗饱经沧桑的赤子心。

而最为难得的是，他酒醒，仍记得白发时如黄菊般的清高不染姿态，不变其节，任凭世人讥谩评说。

卷七

她去·悼亡·阴阳两世诉衷情

月影彷徨忆亡妻：
料得年年肠断处，明月夜，短松冈

江城子·乙卯正月二十日夜记梦

十年生死两茫茫，不思量，自难忘。
千里孤坟，无处话凄凉。
纵使相逢应不识，尘满面，鬓如霜。
夜来幽梦忽还乡，小轩窗，正梳妆。
相顾无言，惟有泪千行。
料得年年肠断处，明月夜，短松冈。

说到东坡词，脑海中马上就能浮现出“大江东去”的古今豪情，又或者是“西北望，射天狼”的壮志满怀。作为豪放派词风的开创者和代表人物，苏轼的作品率意恣肆如汪洋浩瀚，豪迈洒脱自是鲜有人能望其项背。晁无咎说苏轼之词“短于情”。然而翻开苏词，却也不乏柔婉动人的词句，尤其这首在词史上有重要地位的《江城子》，一字一句间刻画的恰是一个深情的词人。

这首《江城子》是苏轼悼念亡妻王弗的。王弗，四川眉山人，十六岁出阁，嫁给当时十九岁的苏轼。王弗贤惠聪颖，雅擅诗书，又侍双亲甚孝。婚后苏轼读书时王弗就在一旁伴读提醒他忘掉的词句，苏轼待客时王弗就在屏风后帮他识人把关，始终陪伴在他身边。二人少年夫妻，年龄相当且志趣相投，自然琴瑟相合、恩爱有加。本该是一段举案齐眉、与子偕老的佳话，然而天不遂人愿，相伴十一年后年仅二十七岁的王弗病逝，只留下苏轼和年幼的儿子苏迈。痛失爱妻的苏轼写下《亡妻王氏墓志铭》来悼念王弗，文章简洁，而心中的哀戚则无可为外人道。

真正的深情是至死不渝的，却殊为难得。所谓人死灯灭，活着的人往往在一瞬的悲伤后便转身投入纷繁多彩的新生活再不回顾，“此间乐，不思蜀”，一个国家覆亡的悲愁都可以被轻易忘却，何况一个人呢？我想这大概是《江城子》打动人心的另一个原因吧。“十年生死两茫茫，不思量，自难忘。”生死让我们已经分离十年了，我也有了新的生活，但想起你时，心中仍然不胜悲。“不思量”听起来有些无情，并不怎么想你，但是紧接着“自难忘”则把心中的深深的悲哀揭示了出来：我没有刻意地要想你，我只是忘不了你。“千里孤坟，无处话凄凉”，王弗葬在眉山，而苏轼当时在密州任上，相距甚远。隔着重山又隔着生死，这一番凄凉意，无处诉说。即使我们真的能够再次遇见又能怎样呢？这么多年过去了，我已经沧桑了那么多，怕是你都认不得了吧。

在十年别后的一个夜晚，苏轼想起当年伴随左右的妻子，心中唏嘘无限。日有所想，夜有所梦。在那个夜晚，他又回到千里之外的故地，在梦里与心心念念的人重又相逢。“小轩窗，正梳妆”，眼前不是什么特别的记忆，只是临窗梳妆这样一幕寻常的场景。但是这平常里更透着沉痛：那日日见惯了的样子，如今回想起来也只能是惘然了。那梳妆的人抬起头来，两相对望，无语泪流。这个时候心中应该是有千言万语的吧，却一句也讲不出来。这相逢太珍贵，多说一句话都是耽搁；这相逢又太悲伤，看你的每一眼都是离愁。在这种凄怨彷徨的复杂心情中，两人久久地凝视对方。然而好梦难留，醒来后呢？醒来后只有回忆着梦中的场景，月夜里书一阕断肠词。

词题为记梦，却是先有回忆而后有梦，可见对方是日夜思念着的。自乌台诗案起，东坡一生累经起落浮沉，有过畏惧有过彷徨，最终变得洒脱豪迈，可以“一蓑烟雨任平生”。然而无论他看待世间万物的心境如何变化，终其一生他都是一个深情的人，在这首悼念亡妻的《江城子》中我们可以清晰地印证这一点。

无言羞见旧时月：
愿月常圆，休要暂时缺

醉落魄·预赏景龙门追悼明节皇后

无言哽噎。看灯记得年时节。
行行指月行行说。
愿月常圆，休要暂时缺。
今年华市灯罗列。
好灯争奈人心别。
人前不敢分明说。
不忍抬头，羞见旧时月。

说到宋徽宗赵佶，我们难免要想到“靖康耻，犹未雪”这样愤恨不平的句子。的确，作为掌握着一个国家生杀大权、命运走向的君王，宋徽宗活得着实窝囊又失败。好好的一个繁华帝国，在他们父子兄弟的昏聩下被铁蹄踏碎江山，徒惹人叹。但宋徽宗在历史的长河中又不只一个昏君那么简单。在被掳到北方以前，汴梁城里那个叫赵佶的青年雅擅书画，风流多情，不是一个好君主，却是一个好的文人雅士。

都说天子家无情。皇室的恩怨情仇即使是在史书的简略记录里匆匆一瞥，也能看到步步为营的钩心斗角。然而徽宗朝却有一个人除外——明节皇后。明节皇后姓刘，出身低微却乖巧聪慧，在深宫里深受欢迎爱戴，也深受徽宗宠爱。然而天不与人寿，她早早病逝了。宋徽宗在她死后追封她为明节皇后。明节皇后去世一年后的元宵节，徽宗出门看灯，写下了这首《醉落魄》来悼念她。

元月里春节、元宵诸节，本都是合家团圆的时候。尤其元夕夜，家家户户携妻带子出门看灯，蔚为大观。又是月圆夜，一家人看灯赏月自然其乐无穷。词人此刻的心情却是“无言哽噎”，与这一派和乐景象格格不入，大有“热闹是他们的，我什么也没有”的孤寂。因为看着与去年一样繁华的灯市，看着并肩而行的人们，就想起了往事。去年的这个时候还是两个人一同漫步在街巷，现在却剩下他形单影只。如此自然没有赏灯的心情，尽管灯市繁华依旧，人心里却是哀愁的别意。

无心赏灯那就抬头看月吧。诗人望一望天上一轮孤月，叹息着自己实现不了的愿望："愿月常圆，休要暂时缺。"但谁都知道月不常圆，人难常聚，世事总是无常，要月亮"休要缺"是无理的，虽则无理却是有情。再看那月亮，却想起了去年的月亮；看到热闹的人群，就想起了去年的人。但月亮还是去年那个月亮的模样，去年与自己一起并肩而行的人却不在了。你心中惊涛骇浪，而世界一无所知。自己的孤独在周围愉快的气氛下无法与人言说。这古今一同的月亮仍照耀着世人，看起来却格外残忍，以至于叫人不忍见。

其实皇帝赏灯，身边是少不了人的。但徽宗此时的哀悼之心也是情真意切。身边簇拥着千千万万的人，也代替不了那个自己惦念的人。词中真情动人，又分明与其皇帝的身份脱节。读着词里这些缠绵悱恻的情思，在街灯路巷下等待的辗转心绪，我们看到的只是一个因失去了爱人而难过的男子，而不是高高在上的君王。

想起"靖康之乱，二帝北掳"的悲剧。所谓"宋徽宗诸事皆能，独不能为君耳"！连这首悼念爱人的诗都被后人说是诗中有谶，其实一首词哪里有那么大的本事。为帝王者就要有杀伐决断的能力，太多情的人注定做不了好皇帝。徽宗的悲剧命运是其性格使然。有这样的一个君王，自是一个国家的不幸和耻辱。然而身居高位还能如此深情缱绻地怀念一个女子，有这样的夫家，倒可谓是明节皇后人生中最大的幸事了。

生死难隔依依：
梧桐半死清霜后，白头鸳鸯失伴飞

鹧鸪天

重过阊门万事非，同来何事不同归。
梧桐半死清霜后，白头鸳鸯失伴飞。
原上草，露初晞。
旧栖新垅两依依。
空床卧听南窗雨，谁复挑灯夜补衣。

这首《鹧鸪天》是贺铸最负盛名的作品之一。贺铸的遭际与辛弃疾有些类似之处：武将出生，却逢朝廷积弱，有心杀敌报国，怎奈英雄无用武之地，只好用写诗酬词来一浇胸中块垒。他生性豪迈旷达，却又能细致深情，豪迈时能作“少年侠气，交结五都雄。肝胆洞，毛发耸”；柔婉处能为“试问闲愁都几许？一川烟草，满城风絮，梅子黄时雨”。陈廷焯说“方回词，儿女、英雄兼而有之”，此言不虚。

宋朝重文轻武，贺铸平生又耿介豪侠、不拘小节，难免不受权贵喜欢，而一生郁郁不能得志。幸而夫人赵氏贤德，贫贱不移，始终相伴左右。妻子是贺铸生命中最重要的一个人，二人患难与共，相濡以沫，感情很深。因此当夫人病逝，自己独留在这寒冷人间的时候，诗人心中满是沉痛。

词开口便直写心中所思。词人故地重游，只觉“重过阊门万事非，同来何事不同归”。一切都已经不一样了，最不一样的就是当初是一起来的，现在只剩下诗人独对旧景。“何事不同归？”这是一句凄厉的质问，问得极为无理，却又振聋发聩，将自己的深情与苦痛一下子迸发出来。下一句讲那梧桐半死，鸳鸯失伴，清楚地告诉我们：是生死让他们分开了。贺铸虽是武人却好读书，其所用意象常能化用前人名句而无斧凿痕。这两句看似只是描述所见，却极有深意。《七发》里讲“龙门之桐，其根半死半生，斫以为琴，音为天下至悲”。此刻正是用这半死桐为诗人发声，表达他心内莫可言说的深哀巨痛。鸳鸯是象征白头偕老的吉祥物，“鸳鸯两头白”，如今自己渐老，华发渐生，却没了那个陪自己一起变老的人，可见作者孤独的心境。

上阕讲自己重过阊门的所见所思，着重表现自己丧妻后的孑然样子，句句都浸透着哀戚与沉痛。下阕则开始怀念妻子。“原上草，露初晞。”古乐府里讲，薤露易晞，比喻生命的脆弱如同草叶上那一枚露珠一样，“露晞明朝更复落，人死一去何时归？”这一去便是永远的不同归了。旧日的居所就那样紧挨着你的新坟，看来触目惊心。

“旧栖、新垅、空床、听雨”，眼前凄凉氛围一点点变得浓厚，心中的痛苦深情也愈发浓烈。雨水淅淅沥沥地落下来，词人独坐床边，无限的回忆涌上心头。在凄冷的雨夜里，朦胧的灯影中，妻子为他灯下补衣的场景跃然眼前。再平常不过的一幕场景，却表现了妻子的贤慧、勤劳与恩爱，所有的深情都在这补衣的动作中了。往往后来最令人难忘的，恰恰是最细微的小事。所谓“当时只道是寻常”，寻常是因为司空见惯，习以为常。词人似乎在问，那个时候谁料得到这样随意的日常有朝一日也会成为不可能的奢侈呢？“谁复挑灯夜补衣？”再也不会有谁了。平淡的一句问话，却叫人忍不住潸然泪下，哀惋凄绝，感慨万千。

这首词最动人处在于其直赋其事，不加任何过多修饰。词写得很节制，用平静的笔触写下自己由景思人的追怀，没有声嘶力竭的呐喊，没有愤怒不已的咆哮。然而正是这种节制的笔触和字里行间流露出哀痛的比对，词人蕴藏于内心深处的深情才愈发动人，仿佛于无声处在读者的心中炸开了悲伤的惊雷。

斜阳画角哀：
伤心桥下春波绿，曾是惊鸿照影来

沈园二首

城上斜阳画角哀，沈园非复旧池台。
伤心桥下春波绿，曾是惊鸿照影来。
梦断香消四十年，沈园柳老不吹绵。
此身行作稽山土，犹吊遗踪一泫然。

多年后，陆游重游沈园，此时的他已是个苍颜白发的老翁了，而当初那个强笑着举杯敬酒的唐琬早已故去多年。几十年的光阴匆匆，还有什么放不下，还有什么可说的呢？但，还是要说。因为曾经情深，不能相忘。

自潘岳《悼亡》以来，许多诗人都曾写下诗词悼念陪在身边曾举案齐眉的那人。到了陆游这里，却稍有些不同。况且严格来说，陆游悼念的并不是自己的亡妻，而是别人的亡妻了，于他，那只是前妻。

沈园二首诗题在写沈园，写的是故地重游，是写景顺带着怀人。虽然主要目的是怀人，但沈园本身也是引人注目的。要知道沈园之于陆游的意义，首先就要讲讲那首《钗头凤》里的恩恩怨怨。

事情大家都是知道的。唐琬与陆游青梅竹马，喜结连理，是一对恩爱夫妻。然而唐琬不受婆母待见。在苦苦相逼的母亲与娇弱温和妻子之间，孝子陆游选择了成全前者的意愿。一纸休书写下，他们本该从此就没了瓜葛。

沈园是个有名的园子，每年都有许多人去那里游春赏景。那年那天的沈园，大约天气格外好，风景格外美妙。又或者只是冥冥中有所注定，陆游与唐琬在那里重逢了。那已经是二人别后两年，嫁作他人妇的唐琬给陆游敬了一杯酒。于是有了陆游那首闻名遐迩的《钗头凤》。陆游这首词，虽是深情，但里面多少有些怨怼之感，“山盟虽在，锦书难托。莫、莫、莫”不觉让人想起“蒲苇一时韧，便作旦夕间”之语，虽然语气没有那么强烈，但终究有些埋怨对方改嫁以致“山盟海誓”无落处。唐琬回去后也写了一首《钗头凤》作为回应，并在不久后身染沉疴病故了。

陆游又一次回到沈园才看到唐琬的和词，而唐琬已香消玉殒。沈园一别，竟是永诀。这大约是陆游没有想到的。赵家对唐琬理应是不错的，否则不会容许她向旧人敬酒，但唐琬的心都在陆游那里，才会终日以泪洗面郁郁而终。看着对方句句深情又沉痛的词句，当初的责怪显得那么不应该，诗人应该是有些悔恨的。

沈园既是二人最后诀别的地方，又是他看到她表明心迹的地方。沈园记载了他们的故事，故而陆游一生漂泊天涯，却不时回到沈园去看看。

大约是最后一次回沈园的时候，他已经七十多岁了。几十年过去，战乱纷呈，沈园也不像当年那样光鲜了，怀念着故国故人故去的时光，诗人写下了《沈园二首》悼念那个被他捐弃却始终对他一往情深的女子。“伤心桥下春波绿，曾是惊鸿照影来”，惊鸿用了洛神的典故，看着这一弯碧水，差点儿以为那人又来了。在我心中你同那洛神是一样美的，就在这里，你曾笑着敬了我一杯酒，“红酥手，黄縢酒，满城春色宫墙柳”。而那时我没有读透你眼里的哀愁。沈园如今只有那柳树依旧，不识愁的飞絮飘着，四十多年过去了，诗人自己也是黄土掩了半身的人，却不免“此身行作稽山土，犹吊遗踪一泫然”，这泫然泪下里，大约有爱，有憾，有悔，有半生的怅然。

陆游与唐琬的相知不能相守，当是文学史上最为哀婉的故事之一了。一曲《钗头凤》，无限心头恨。然而《沈园二首》里我们看到了诗人无限的情思和对唐琬诚挚的悼念与追怀。终究，他是负了她的，然而我们却很难去声讨他，毕竟他的一生除了家国，到底对她最念念不忘。

春宽恨梦窄：
伤心千里江南，怨曲重招，断魂在否

莺啼序·春晚感怀

残寒正欺病酒，掩沉香绣户。燕来晚、飞入西城，似说春事迟暮。画船载、清明过却，晴烟冉冉吴宫树。念羁情、游荡随风，化为轻絮。十载西湖，傍柳系马，趁娇尘软雾。溯红渐招入仙溪，锦儿偷寄幽素。倚银屏、春宽梦窄，断红湿歌纨金缕。暝堤空，轻把斜阳，总还鸥鹭。

幽兰渐老，杜若还生，水乡尚寄旅。别后访六桥无信，事往花委，瘗玉埋香，几番风雨？长波妒盼，遥山羞黛，渔灯分影春江宿，记当时短楫桃根渡。青楼仿佛，临分败壁题诗，泪墨惨淡尘土。

危亭望极，草色天涯，叹鬓侵半苎。暗点检离痕欢唾，尚染鲛绡，亸凤迷归，破鸾慵舞。殷勤待写，书中长恨，蓝霞辽海沉过雁，漫相思弹入哀筝柱。伤心千里江南，怨曲重招，断魂在否？

吴文英这首《莺啼序》当是悼亡词中最长的力作了。据夏承焘《吴梦窗系年》:“梦窗在苏州曾纳一妾，后遭遣去。在杭州亦纳一妾，后则亡殁。”“集中怀人诸作,其时春,其地杭州者,则悼杭州亡妾。”《莺啼序》是现存词牌中字数最多的，且据考始创于梦窗。悲不能自已，才能创出如此长调悼亡。词从伤春起笔，由伤春至怀旧，由怀旧而悼亡，感情真挚，笔触细腻，寄慨遥深，层层推进，词人的哀戚也一步步加深，终于积郁于胸的深悲巨痛尽数道出。

词起笔写景伤春。天气犹带着微寒，看看却已春色迟暮。词人饮尽杯中薄酒，借着酒兴乘船游湖。却想起春将尽时，正是清明，在感春自伤时也点出清明这个特殊的时间，为悲悼做出铺垫。看着满眼的柳絮纷飞，飘然远去，那一点儿羁旅他乡的愁思和孤独也像飞絮一样飞舞在脑海了。

暮春本易伤情，况清明时节最断魂。酒意微醺时，十年往事都涌上心头。词人用倒叙的手法回忆起当年“傍柳系马”的邂逅相逢，继而又想到那一段浪漫美好的恋情。当我们陷入尚好回忆里时，时空一转已是“春宽梦窄”又见离别。为什么别离呢？词人没有说明，只是西湖边二人携手同游处已是暝堤空，只有鸟儿来去。

之后叙述别后离思。别后羁旅天涯却难相忘于江湖，词人终于忍不住故地重访，却发现“事往花委，瘗玉埋香”，那女子竟已香消玉殒多时了。几番风雨，几欲断肠。面对眼前的物是人非，思绪又回到当年，那人眉眼低垂、顾盼生辉的样子仿若眼前，往日的欢会历历在目。当时分别还曾题诗相赠，如今都已是尘土无踪。早知如此，争如当初不相别！

最后一段是悼亡的哀思。自己也已经老了，青丝间杂了白发，极目远眺，望断天涯望不见那个熟悉的身影。词人此刻的心情便犹如“亸凤迷归，破鸾慵舞”，只是形单影只地活着，一切都显得那么索然无味。“殷勤待写，书中长恨”，我想把我的思念、我的憾恨情写给你看啊，可我望断天涯找不到传信给你的信使。于是只好把浓重的相思与悼念化成一曲长歌付与琴筝。千里江南，你的一缕魂魄可否听到我的心声？“断魂在否？”唯恐答案是否定的，却连自己也不确切，作者怀着渺茫的期待发问，字字血泪。

吴文英词作常常并不沿着时间脉络有序展开，而是有着一种“意识流”的特点，展现的不是情节发展的完整性，而是事件引发的内心感受的起伏。因此梦窗词得到了许多诸如“七宝楼台，炫人眼目，拆碎下来，不成片断”“太晦处，人不可晓”的评价。

这首词也有这个特点。词中并没有对这段恋情做细致的描述，叙事也是片段性的，不连贯的。伤春、怀旧、悼亡的思绪也没有明显的层层区分，而是过往与现在、悲与喜交织在一起。然而正是着力于内心世界的变化，使得情感超越时间与空间的限制，更为自由绵邈。在这种不断的今昔变化对比中，更显得眼前境况的凄然和曾经爱恋的美好难忘。从相逢到别离，从欢悦到思念，回忆在往事里不断穿梭跳跃，千愁万绪都在这一帧帧画面中弥散在心头了。

逆境难排：
逆旅主人相问，今回老似前回

风入松·归鞍尚欲小徘徊

归鞍尚欲小徘徊，逆境难排。
人言酒是消忧物，奈病余孤负金罍。
萧瑟捣衣时候，凄凉鼓缶情怀。
远林摇落晚风哀，野店犹开。
多情惟是灯前影，伴此翁同去同来。
逆旅主人相问，今回老似前回！

刘克庄词风继苏辛一脉，写得豪迈开阔。有“君莫道投鞭虚语，自古一贤能制难，有金汤便可无张许？快投笔，莫题柱”这样慷慨陈词，笔力雄壮，极尽抑扬顿挫的作品。但同许多豪放派的诗人一样，翻开他们的集子，也能找到那些记录着他们内心柔软的词句。他为悼念夫人林氏而作的《风入松》就写得颇为深情绵邈，曲折动人。

林氏夫人名节，父亲是当朝朝请大夫、直秘阁林瑑。她出身名门，知书达理，勤勉聪慧。夫妇二人情深意和，恩爱美满。二人相携走过了十九个年头，终于走到了林夫人人生的尽头。宋理宗绍定元年七月，夫人病逝。词人在为夫人撰写的墓志铭中怀念道：“余宦不遂，江湖岭海，行路万里，君不以远近必俱……余方窘挠，君夷然如平时……余贫居之日多，君节缩营薪水、未尝叹不足”，生死相随，贫贱相伴，足见对方的贤德。

第二年词人被贬官，在路上想到自己仕途失意又痛失爱妻，于是写下这首《风入松》悼念亡妻。此词感情真挚，语调空灵，有撼动人心的力量。

婉约词往往写得百转千回，情景相依，意蕴绵长。刘克庄这首词虽是婉约词风，倒仍有些他惯常的豪放风格的影子在里面。不同于多数词由景及情，此词开篇即写自己骑马归来，却又徘徊不前的复杂心境。词人此刻仕途惨淡、生活艰难，满心都是“逆境难排”的苦闷。他自然而然地想要喝酒来一解心中烦闷。然而“举杯浇愁愁更愁”，何况词人拖着病弱的身体不能饮酒，竟是连暂时的一醉忘忧都不能够。有病有愁不堪醉，短短两句，词人的悲凉境况虽并未详述，却已直抵内心。

词至此处但写悲愁，未见悼亡。接下来的过片巧妙用典揭示了词旨。古诗文中往往托用“捣衣”来表达思妇对丈夫的思念。“玉户帘中卷不去，捣衣砧上拂还来”“秋夜捣衣声，飞度长门城”。词人反用其典来表达对妻子的思念。正是秋风渐起，女子捣衣的时候了，自己身边却只有秋风萧瑟而无人捣衣。词人罢官归乡，“行路万里，君不以远近必俱”的夫人却不再相随，如此怎不叫人满心凄凉意。

疲倦地走在风声凄紧的异乡，终于看见了一处尚未关门的旅店。“多情惟是灯前影，伴此翁同去同来。”孤馆寒灯，陪伴自己的只有自己的影子。这样形单影只的样子冲淡了发现落脚处的喜悦，代之以更深沉的悲哀。多情与无情相对，诗人说影子是多情的，暗地里是在责怪对方就这样无情地丢下自己在这凄凉人世，还是在怨怪苍天无情不使永团圆？

已是不堪秋意凉，不堪愁思苦，偏偏店家还不知趣地询问你为何比上次老了许多？对“今回老似前回”的问题，词中并未作答。然而通篇读完，答案就显而易见了。是丧妻失伴的痛苦让他苍老得如此迅速。借用野老的视角展现自己的状貌，朴实无华的句子里饱含着深情。在旁人眼里只是惊讶，于自己心底却是沉痛。

上片写异乡归程自己见到的萧瑟秋景，下片写自己独宿逆旅，寒灯孤影的凄凉心境。除过片含蓄地化用了思妇捣衣和庄子鼓盆而歌两个典故，整首词不见任何悼亡字眼，写得格外婉转绵邈。但词自始至终笼罩在一种惨淡凄清的哀思之中。清冷冷的孤寂之感，浓郁的悼念之情，流于言外。刘克庄对妻子的深情始终如一，十几年后他写“绝笔无求凰曲，痴心有返魂香”，仍幻想着妻子能够魂归人间，再见一面，其痴心可见一斑。

物是人非：
人间天上，没个人堪寄

孤雁儿·世人作梅诗

藤床纸帐朝眠起，说不尽、无佳思。
沉香断续玉炉寒，伴我情怀如水。
笛声三弄，梅心惊破，多少春情意。
小风疏雨萧萧地，又催下、千行泪。
吹箫人去玉楼空，肠断与谁同倚？
一枝折得，人间天上，没个人堪寄。

我们说悼亡词一般都是男子悼念亡妻的作品。古诗文中以女子口吻创作的词句，往往都是男性诗人托用女子之口表现的弃妇之怨或是思妇之愁。这是由于男性话语权的优势下女子的才华往往难以展露，但也是由于女性对男性的依赖度很高，亡夫带给一个人的影响是远远大于丧妻的。丈夫的死亡带给妻子的不只是失伴的痛苦，更可能是一个家庭的坍塌，生活的无着。那些感情细腻的女诗人面对这样的人生变故，写下的悼念文字往往更饱含着浓浓的切肤之痛，更真切感人。

“世人作梅词，下笔便俗。予试作一篇，乃知前言不妄也。”如是自序，显然是自谦了。世人咏梅多描绘梅花的美丽风姿，或赞其品性、颂其高洁，李清照却对这些不着一字，不为咏梅而咏梅，只借着一枝梅花寄予了她的悲悼之情。

藤床纸帐独卧，醒来看着满室的清寂，炉中沉香已灭了多时，无心去续。像此刻别无佳思，只觉满心哀凉如水的人一样，这样的清晨处处都透露着凉意。不知谁吹起笛声，却是那最为凄怨伤心的梅花三弄，词人循着笛声出了门，才惊讶地发现，梅花开了，屋外是一片盎然的春意。“梅心惊破”十分兀然，却写活了那种久无出门心思忽然看见梅花的触目惊心。

猛见着春色如许，是不是一扫闷气、心境开阔了呢？显然没有。南方的天气，渐渐地又下起了小雨，雨丝打在脸上，就成了抹不尽的泪水。一个“又”字写的是未有佳思、心凉如水的人看到风雨又愈显感伤。独卧愁，看花惊，落雨悲，作者的悲愁一步步加深，可什么让她如此难过呢？

“吹箫人去玉楼空，肠断与谁同倚”，至此我们终于明白了缘由。传说萧史教弄玉吹箫，引得凤凰来仪。后来二人双双随凤凰飞升，成了一对神仙眷侣。李清照与赵明诚当年诗赋酬唱，同研经典，其风雅何亚于萧史弄玉！但她却没有那么美满的命运，如今面对的只有死生相隔、人去楼空，自己倚栏独坐的寂寥局面。词至此处，已是断肠之悲。但易安的哀痛还要更进一步。浓浓的思念都寄予在这梅花里了，却无处相寄。再也不是当年虽然也有暂别，却可以期待着“雁字回时，月满西楼”的时候，天上人间，他的身影已无处相寻，满心的思念与苦痛也只有和泪咽下。

李清照的作品以随宋室南渡为风格分期。细读来，她后期许多诗词里亡夫的痛楚与家国的哀思都萦绕在一起，共同弥漫成一种浓得化不开的哀愁。如果这个国家没有破败如斯，如果仓皇南行的岁月还有他相伴，如果此刻他还在身边，那么可能还不至于如此艰难，物是人非，欲语泪先流，如食黄连，太苦的时候反而连这痛苦都难以言说了。

南渡后，她再也写不出那种“和羞走，倚门回首，却把青梅嗅”的清丽娇俏的句子，也写不出“莫道不销魂，帘卷西风，人比黄花瘦”这样虽有着淡淡的离愁可又带着些娇嗔的责怪和更多期待的句子。不知愁的少女远去了，惆怅思君的少妇远去了，岁华无情心渐老，窗前独坐的只有一个饱受了国破家亡之痛、颠沛流离之苦的孤独身影。默默地回头看一看过往的岁月，再默默地瞧一瞧手中那一枝灿烂的春色，默默地叹上一回气，那样的孤寂。

再没人同赏的，是那一枝梅花，也是她曾经沧海、从此孤独的漫长岁月。

卷八

自然·人情·迟丽江山别样红

捻一缕寒光：
晚色沉沉，雨声寂寞，夜寒初冻云头

满庭芳·冬景

晚色沉沉，雨声寂寞，夜寒初冻云头。
晓来阶砌，一捻冷光浮。
目断江天霭霭，低迷映、绿竹修修。
多才客，高吟柳絮，还更上层楼。
烹茶，新试水，人间清楚，物外遨游。
胜似他、销金暖帐情柔。
细看流风回舞，终日价、浅酌轻讴。
醺醺地，美人翻曲，消尽古今愁。

【一九七】

（一）

秋风过后是个漫长的冬天。“晚色沉沉，雨声寂寞，夜寒初冻云头。”此时，大多东西都是慵懒着或者索性休眠。日常所见最欢畅的流水也陷入了沉默，一味地冰封下去。似乎这个时候诸多的意象都隐去了，要想找个可以抒怀的对象都很难。晓晨初醒，石阶之上，一捻冷光飘浮。举目遥望，江天暮霭，也是一副冷清的气象，低迷地映衬着绿竹。多才的文人墨客，吟诵“柳絮”，还要登高楼。

既是写冬景，何来柳絮？想必这里的“柳絮”应该是用了“咏絮之才”的典故。“咏絮之才”源出东晋才女谢道韫。谢道韫是一代名将谢安的侄女，大书法家王羲之的二儿媳，王凝之的妻子。刘义庆的《世说新语》中记载：谢太傅寒雪日内集，与儿女讲论文义。俄而雪骤，公欣然曰：“白雪纷纷何所似？”兄子胡儿曰：“撒盐空中差可拟。”兄女曰：“未若柳絮因风起。”后人便把咏雪也称作咏絮了。

冬日好景，雨雪纷纷，当然也要做点儿什么，打发这好时光。烹茶，试试今年的新水，这样的情景里，把人间看得清楚，身如物外遨游。这次第，要比那些芙蓉帐暖、柔情似水更胜。细看流风回转，好似在空中翩翩起舞，也不厌倦，就这般终日浅酌清唱，心里也乐得自如。美人换了一支曲子，微醺，仿佛那古今愁，也可以消除。

古人都爱煮水烹茶，尤其是在雪天。《红楼梦》里就有煮雪水烹茶的片段，妙玉招待黛玉、宝钗、宝玉喝“体己茶”，黛玉问她：“这也是雨水煮出来的？”妙玉冷笑道：“这是五年前我在玄墓蟠香寺住着，收的梅花上的雪，共得了那一鬼脸青的花瓮一瓮，总舍不得吃……隔年蠲的雨水哪有这样轻浮，如何吃得？”烹茶的水是她五年前收的梅花瓣上的雪。这般风雅，可见雪天宜煮水烹茶。

燃起小炉，炭火通红，雪景通透。亮丽的红、纯净的白、冬日的冷、新茶的暖，对比起来，都是极致的感受。现代人当然不能有这般风雅。他们喝的不仅是茶，还是一种意境。所以，词人才说，人间清楚，物外遨游。

（二）

《四库提要》云：“长卿恬于仕进，觞咏自娱，随意成吟，多得淡远萧疏之致。”赵长卿是宋朝宗室，北宋灭亡后，宗室纷纷南迁，定居临安一带。有的人苟安一隅，整天歌舞升平，醉生梦死。然而也有一些人不忘故国，以词寄情。南渡之后，赵长卿写过很多词，像是在《临江仙·暮春》中写道：“过尽征鸿来尽燕，故园消息茫然。一春憔悴有谁怜？怀家寒夜，中酒落花天。”以征鸿比喻漂泊异乡的旅客，以归燕兴起思家的情感，多表达故国哀思。然而这首词虽表露含蓄，应该也写于此时。

赵长卿作为宗室之一，他的处境自然较好，何况在这里还有许多南下的亲朋好友，因此还可以有闲情煮水烹茶，赏雪景，浅酌低唱。然而这种感情真的是闲适自如吗？不得而知。试想一下，宗室贵族，遭遇亡国之痛，从当初雍容华贵、万事无忧的生活脱离，颠沛流离，委身避于南方，内心必然有太多难以言说的苦楚。人生的跌宕总是让人难以承受，本身居高处，却因时运不济，从高处坠落，这其中的变化，全都化作内心的寂寞愁苦。这种感情是特定的时代，特定的条件下产生的，也是极为矛盾、复杂的。

（三）

了却富贵后，如今这境遇，似乎也是自得其乐的，胜似他销金暖帐情柔。然而词也含蓄，心也含蓄，不是寻常滋味，也无法寻常体会。这是一种怎样的感情呢？大抵是失之可惜，又不甚可惜吧。在他心中，富贵生活倒不是真正在乎，一如浮云；然而国家的消亡，却是心中难以跨过的伤痛，不能触碰。

沐一剪清风，掬一皑冰雪，煮一壶香茗，展一方宣纸，研一池墨香，在冬日的清冽里，任一盏婉约走湿茶马古道。

品茶如悟人生，在淡淡茶香中体悟人生滋味，淡看人生悟沉浮。美人一曲高歌毕，醉在这般情境里，了却此生许多愁。

是谁说，人间有味是清欢。

细雨画江南：
春水碧如天，画船听雨眠

菩萨蛮

人人尽说江南好，游人只合江南老。
春水碧于天，画船听雨眠。
垆边人似月，皓腕凝霜雪。
未老莫还乡，还乡须断肠。

【二〇一】

（一）

你可曾梦过江南，芙蓉映水霞，素舸浅漾莲花，一浆作相思，只将微波轻轻踏。

你可曾见过江南，南国掩轻纱，江南碧如诗画，莲叶已田田，何处灯火没蒹葭。

你可曾到过江南，浓墨惹相思，砚迹倾了半纸，花事也缠绵，唯有春色如许。

你可曾忆过江南，风景旧曾谙，春水绿如兰草，烟雨也缥缈，微微暮色难眠。

这是人人口耳相传中的江南，是唱不尽吴侬软语娇俏轻盈的曲，是做不完百转千回魂牵梦萦的梦。你听说过，你想象过，这一种缠绵与神往，像随风而落的种子，落在每一个向往江南的人心中，生根落地，花开不败。多少人向往江南，多少人行走江南，又有多少人一生所愿，便是伴这江南烟雨老去。

四月的烟雨在暮色里飘逸，春天的江水清澈碧绿更胜天空的碧蓝，像是舞动绿色的水袖，碧波荡漾。卧于画船之中，听着外面淅淅沥沥的春雨，渐渐入眠。

人人都说江南好。江南美如画，连酒垆边卖酒的女子也是美的。卖酒时撩起衣袖盛酒，露出纤细的手腕，白如霜雪。不要在老之前回到故乡，不然回到家乡后会悔断肚肠。

（二）

“人人都说江南好，游人只合江南老，春水碧如天，画船听雨眠”，我仿佛在朦胧中清晰地看到一幅油纸画卷缓缓展开，其山水之秀丽，其画卷之厚重，我颤抖的灵魂似被牵了去。在九霄云外婉转出“江南”字样，恍然间彻悟：江南，虽非生于斯，却愿老于斯。愿亲手垒起红砖绿瓦，垒造一座别致小屋，而后傍水而居，靠山而依，悠然于山水田园；愿亲抚钟鸣，在潺潺的溪水中谱奏一曲高山流水的旋律，伯牙不在，子期也逝，千年的音律荡存心中，自己将其细酌岂不别样风味；愿行走江南，在雨雾迷蒙中与天地结伴，结段世间千古姻缘。

只要你一踏入江南的怀抱，便有清秋明月，映出你的背影涉水而行，忖出你的心意腾云而阅，百丈红尘饰你以锦绣华裳，千朵芙蕖衣你以高洁淡雅，万世柔情染你以凄美相思。这里草长莺飞，山水丰美，桃杏怒放，兰桂争香，便是那飘落碎雨，也有一番风细柳斜的过往心事。

乍寒、乍暖、忽晴、忽雨，踌躇的暮烟，黛色的江南。落陨声伴隔世沧桑，指尖微凉，却是曲江流伤。微醺的眼、月下的弦、如水的莲，夜来听雨歌楼上，红烛昏罗帐，都只为红尘中悱恻的风月情浓。琉璃瓦下画桥人家，与笔友著诗江南画。岁月流淌，不过素笺无乡，征鸿过尽，满城风絮，终成烟花一场。唯有垆边女子，紧蹙娥眉，笑语嫣然，不曾施妆。我看不见来宵，黯然相望，她回眸浅笑，似月皓然。

然而，这样的江南，几曾见烟火，几曾识干戈。我这般沉醉期间，家乡却正遭受战乱，铁蹄踏破了河山，四处离乱，纵再多温柔缱绻，只让寸寸柔肠化作斑斑红泪。故乡的烟云已不忍回首，我又怎忍回故乡。

（三）

日落，月升。那秦淮河的十里烟波，可是凝聚了多少细碎的桥影，扬州一梦，烟花几重，舞低杨柳楼心月，歌尽桃花扇底风。两岸歌声又起，不妨在夜色朦胧中去放纵一世的纸醉金迷。和着淡淡的月光，在若似珍珠万点的河水中，引吭高歌。“春水碧如天，画船听雨眠”，故乡亦如江南。

可那些古老的故事，一切都已不再。夜如墨染，烛火摇曳，古城相伴一曲离殇，是否有女子采莲归来，笑靥泛凉，静静地焚香。等郎折花，只愿悄悄在耳颊羞说情话。垆边卖酒的女子，是否还如当年月下，明媚动人？风雨潇潇，却瞥见飘落发梢的那片叶，暂住帽檐的那只蝶，是那团红，还是那抹蓝？

未老莫还乡，还乡须断肠。这般良辰美景已如烙印，深深刻在心里，难以忘怀。故乡却是一根线，牢牢地拴在心间。何时故乡也如江南，让人暂时忘记心中的烦恼？何时平息战乱，让我可还乡？

且让我在这样的江南春景里，再醉一回吧。望有一天终能还乡，愿梦里梦外的故乡，处处一如人人向往的江南。

举目四方：
青山遮不住，毕竟东流去

菩萨蛮·书江西造口壁

郁孤台下清江水，中间多少行人泪？
西北望长安，可怜无数山。
青山遮不住，毕竟东流去。
江晚正愁余，山深闻鹧鸪。

（一）

郁孤台下清江水，这里的郁孤台便是江西造口的郁孤台了。当年，金兵入侵江西，残杀百姓无数，隆裕太后怀抱太子仓皇南逃，在造口弃船登陆，逃往赣州。金兵一路追杀掠夺，不知有多少百姓流离失所。而今，孤独、失意的辛弃疾登上郁孤台，追往事，叹今昔。

郁孤台下滔滔江水中，曾经有过多少眼泪。身临隆祐太后被追之地，痛感建炎国脉如缕之危，愤金兵之猖狂，羞国耻之未雪，乃将满怀之悲愤，化为此悲凉之句。这一江流水，不知有多少行人流下无数伤心泪。抬望眼，遥望长安，远望西北方向的故都，远望中原大地的故土，但可惜的是，重重山峦挡住了视线，望也望不见。可是青山虽可遮住长安，但终究遮不住一江之水向东流。“江晚正愁余，山深闻鹧鸪。”江晚山深，我正在发愁，却听见鹧鸪在深山中哀啼。

淡淡的文字，浓浓的情结，浸透着辛弃疾的热泪。郁孤台下，赣江之水滚滚流去。辛弃疾从这江水中，一定看到了抗金志士悲愤的泪水和逃难百姓痛苦的泪水，而自己年华流逝、壮志未酬的悲愤泪水，也流进浩浩的赣江里，汇入行人的泪水中。

群山遮挡着北望故都的视线，投降派阻碍着收复失地的大业。写下这首词时，北宋已亡，金人继续南侵，企图消灭南宋，独占天下。风云一时的大宋王朝南北分裂，广大人民妻离子散，流离失所，生活水深火热。身处腐败无能的南宋王朝，有心杀敌，无力回天，这样的痛苦，又有谁能体会？

然而这样的痛苦使他对现实观察得深刻，对世事洞察得透彻，对未来始终怀着乐观的历史信念。青山遮不住，毕竟东流去。唯有真正的智者，才能说出这样的感叹，且不说内心是否真的豁达。

（二）

庄子《人间世》曰：超然世外，欲乘物以游心，逍遥驰骋，必先了悟宇宙之真谛，才能至上善若水，利万物而不争，下百川，因容而深邃之境界。

《大学》有言：修身而后齐家，齐家而后治国，治国而后平天下矣。故欲得天下之大成，必先修其内心，使之不随境转，不由物生，方可集天人合一，至大境界也。

“青山遮不住，毕竟东流去。”也许是一种信念，也许是对人生与历史清醒乐观的认知。生命的天空，并不全然是一片阳光灿烂，乌云蔽日之时，做好自己便是了。天意尚不可知，岂能尽如人意，但得我心无愧便是了。

人生，需要淡定名利、欲念之心，需要笑看是非功过、名利得失，需要智慧的超然，人世间的沧桑轮转都有其内在的规律。但是，世事沧桑无论怎样笑看，如何笑谈，历史是不可亵渎的，因为历史昭示了天心公正，以及天下苍生的良知、良心和无间世道。

历史的一江春水汹涌澎湃，浩荡东去，势不可当，奔流到海不复回，即使几座青山横亘在历史的路口，也断然阻止不了历史发展的趋势，这是任何人也改变不了的事实。世间应该发生的事，你怎么也阻挡不了，而不应该发生的事，你无论怎么推波助澜也不会发生。

人的生命短暂而且渺小，人的一生漫长而又艰难。如果说生命是一番酸甜苦辣的经历和尝试，那么，人生就是一趟布满曲折与坎坷的单向旅程。但是，无论有多少艰难险阻，“青山遮不住，毕竟东流去”，相信一切都会过去的，明天一定会更好。

（三）

繁花四时开，风水轮流转，古往今来，多少事，物是人非；多少风流人物，一如过眼云烟，淡淡地，随风而去。万千世象弥漫虚幻的烟云，智者若想不被其蒙蔽，必有所秉持，有所信仰。古语云：外化而内不化也。人为性灵，失本真便了然无趣。偶寄闲情，秉拙守朴，负阴抱阳，冲正气以养性，依仁义以修身。

我们再也无法揣摩郁孤台上那一颗悲戚的高尚灵魂，也无法亲历那一份寓于悲痛中的豁达希望，我们唯有通过这单薄的文字，靠近他，感受他。

人生总有霜寒雪冷，青山遮不断生命的风景，一江浩荡的春水毕竟东流而去！

妙手画秋心：
秋色连波，波上寒烟翠

苏幕遮·怀旧

碧云天，黄叶地。
秋色连波，波上寒烟翠。
山映斜阳天接水。芳草无情，更在斜阳外。
黯乡魂，追旅思。
夜夜除非，好梦留人睡。
明月楼高休独倚。
酒入愁肠，化作相思泪。

（一）

说起“碧云天，黄叶地”，也许更为人们所熟知的是元代王实甫《西厢记》“长亭送别”一折中的“碧云天，黄花地”，而范仲淹这首词，才是原文出处。

秋色连波，秋色与秋波相连于天边，而依偎着秋波的则是空翠而略带寒意的秋烟。碧云、黄叶、绿波、翠烟，多么斑斓多彩的一幅画面。

“山映斜阳”，又将青山摄入画面，天、地、山、水融为一体，交相辉映。远山沐浴着夕阳，天空连接江水。岸边的芳草似是无情，又在西斜的太阳之外。

“芳草”历来是别离主题赖以生发的意象之一，比如相传为蔡邕所作的《饮马长城窟行》写“青青河畔草，绵绵思远道”；李煜《清平乐》写“离恨恰如草，更行更远还生”。埋怨“芳草”无情，实则是作者多情、重情罢了。

黯然感伤的他乡之魂，追逐旅居异地的愁思，萦绕不去，纠缠不已，每天夜里除非是美梦才能留人入睡。铁石心肠人作黯然销魂语，尤见深挚。但这般感受与谁说，天涯孤旅，“好梦”难得，乡愁也就暂时无计可消除了。夜间想登楼远眺，以遣愁怀；但明月皎皎，反而使他倍感孤独与怅惘，于是不由地发出“休独倚”之叹，明月照射高楼时不要独自依倚，端起酒来洗涤愁肠，可是都化作相思的眼泪。

（二）

湛湛蓝天，嵌缀朵朵湛青的碧云；茫茫大地，铺满片片枯萎的黄叶。无边的秋色绵延伸展，融汇进流动不已的江水；浩渺波光的江面，笼罩着寒意凄清的烟雾，一片空蒙，一派青翠。山峰，映照着落日的余晖；天宇，连接着大江的流水。无情的芳草啊，无边无际，绵延伸展，直到那连落日余晖都照射不到的遥遥无际的远方。

范晞文《对床夜语》中说："景无情不发，情无景不生。"眼前的秋景触发心中的忧思，于是，"物皆动我之情怀"；同时，心中的忧思情化眼前的秋景，于是，"物皆著我之色彩"。如此内外交感，始能物我相谐。秋景之凄清衰飒，与忧思的寥落悲怆完全合拍；秋景之寥廓苍茫，则与忧思的怅惘无际若合符节；而秋景之绵延不绝，又与忧思之悠悠无穷息息相通。所以"丹诚入秀句，万物无遁情"。

芳草怀远，兴寄离愁，本已司空见惯，但本词凭词人内在的"丹诚"，借"无情"衬出有情，"化景物为情思"，因而"别有一番滋味"。

望家乡，渺不可见；怀故旧，黯然神伤；羁旅愁思，追逐而来，离乡愈久，乡思愈深。除非每天晚上，做看回乡好梦，才可以得到安慰，睡得安稳。但这却不可能，愁思难解，企盼更切，从夕阳下一直望到明月当空，望来望去，依然形单影只，莫要再倚楼眺望。忧从中来，更增惆怅，"何以解忧，唯有杜康"。然而"举杯消愁愁更愁"，愁情之浓岂是杜康所能排解。"酒入愁肠，化作相思泪"，意新语工，设想奇特，比"愁更愁"更为形象生动。

（三）

望而思，思而梦，梦无寐，寐而倚，倚而独，独而愁，愁而酒，酒而泪。辗转千回，愁思不能解。

纵使好景应难忘，但再难忘的好景，落在羁旅游子眼里，也正如酒入愁肠愁更愁。秋色连波，波上寒烟翠，景随心动，景也萧瑟。不入此中境，难解此种情，不解此中味。对于羁旅之人来说，这些景，都成了忧思的缘由，忧从中来，不能断绝。

从此，一个又一个难眠的夜晚，独自叹息。劝你莫倚高楼，劝你莫仰望明月，月中有相思地，难忘怀。身处高楼，心在远方。“何以解忧，唯有杜康。”那么，就来一壶浊酒吧，借酒浇愁，温热了胸口，相思的泪便毫无征兆地簌簌落下了。

一寸相思一寸灰，心里有万丈相思难言。但愿在酒中暂时忘记这些痛苦吧，但愿在酒后可以有团圆的景象，即便是梦一场，不要痛苦难眠。愿梦里可乘风，许我归故乡。

一路追春梦：
春路雨添花，花动一山春色

好事近·梦中作

春路雨添花，花动一山春色。
行到小溪深处，有黄鹂千百。
飞云当面化龙蛇，夭矫转空碧。
醉卧古藤阴下，了不知南北。

（一）

一蓑绿色缘烟雨，春在清词丽句间。江南的村子，在和风细雨里，温顺得如同猫般，春态妩媚。一个个黛瓦粉墙的村庄，沉醉在淅淅沥沥的烟雨中，显得宁静清远，温秀典雅。春江水暖，梨花带雨，“春路雨添花，花动一山春色”，行走在春的诗路花雨中，春的气象扑面而来，字字含情，句句流韵，字里行间涌动着一股遏制不住的春潮。

几阵如酥的春雨，催开了路边缤纷多彩的鲜花，涌动了满山春色。沿着春路，信步来到幽静绮丽的小溪尽头，突然惊起无数只黄莺在溪头林间纷飞啼鸣。头上的飞云不停地变幻着形态，竟像龙蛇一样，在碧空中奔腾飞舞。陶醉于这人间的幽静美景之中，小饮几杯浊酒，酣睡于古藤浓荫之下，全然忘却了纷繁复杂的尘世。

（二）

闲适，安逸，自在。欣赏这首词，最好是一壶香茗，一曲古筝，一地春色。

这首小词，着笔浓淡相宜，意兴飞扬，雨光花色，春山古藤，皆可入画。但仅欣赏到这里罢手，未免失之过浅，因为秦词最主要的特点是写心中忧苦之情。清代评论家冯煦《蒿庵论词》说：“淮海（秦观）、小山（晏几道），古之伤心人也，其淡语皆有味，浅语皆有致……故所为词，寄慨身世。”作者在“醉卧古藤阴下，了不知南北”的悠闲淡雅的词句下面，实际隐藏着一颗无比痛苦的心。秦观的好友黄庭坚揭示秦观的痛苦心灵说：“少游醉卧古藤下，谁与愁眉喝一杯？”可谓抓住秦词的要害。

此词名扬于时。苏轼有题跋云：“供奉官莫君沔官湖南，喜从迁客游……诵少游事甚详，为予道此词至流涕。乃录本使藏之。”据《冷斋夜话》：“少游既谪归，尝于梦中作《好事近》，有云……果至藤州，方醉起，以玉盂汲泉，笑逝而化。”从词的内容看，为记梦之作有些依据。词中境界，尤朦胧奇幻，若梦中景观。

“醉卧古藤阴下，了不知南北”，灵感突如其来，远离了青楼红粉，语句豁达，倒有了不一般的意味。最喜欢起句。乍逢“春路雨添花，花动一山春色”便满心欢喜。“春路”带一缕自然清香扑面而来，让人暗自高兴——闺阁之外，山野之中，让人流连。“雨添花”更有一片勃勃生机，笑意盈盈。雨不仅没有增愁，反而愈发衬出花之娇艳。“花动一山春色”中，这“动”便是灵动，由点及面，把“花”极度放大，本是一枝红艳露凝香，刹那间竟然被幻作“一山春色”，与宋祁“红杏枝头春意闹”句中的“闹”有异曲同工之妙。眼界骤然开阔，只见群芳摇曳、满目春光。

“有黄鹂千百”也是不惜笔墨，渲染鸟语阵阵不绝。既是“行到小溪深处”，定然有狂放之举才惊动林鸟至此。少游这场所谓的梦，也做得太张扬，平素的儒雅文静全部抛之脑后，醉眼观景，自身另有一番风情。

“飞云当面化龙蛇，天矫转空碧”，读这一句总觉得在观摩狂草，特别是力道最狠的那一竖，运足气势、毫不犹豫地直贯而下，力透纸背，酣畅淋漓，无半分朦胧清婉之感。然结句来得突然，或许前一句耗尽了气力，仿佛是集毕生之力刺出的凶猛一剑，招数使尽便瘫软下来，撒剑倒地“醉卧古藤阴下，了不知南北”。

少游毕竟不是东坡，这般狂纵不羁的时候难以长久。偶尔一现，也是“了不知南北”的混沌中才与常态有别。且不管他，有“花动一山春色”的精彩，也不枉这奇异之梦了。

（三）

花一动，山色便春意阑珊。在这样的无边春色里，漫步细流林间，听黄鹂千啭百回。人生快意，宠辱皆忘。

花香幽幽来，从缕缕青云中，理出细碎而温柔的阳光。闭合了思维，唯有柔蔓的纤指，梳理优美诗句的稿笺。笑看云起云涌，坐听黄鹂婉转，醉卧古藤下，什么烦恼忧愁也都如那烟云消散。但愿身处此山，长醉不醒。人生不快会有时，最是难得一糊涂。何必那样清醒呢？醒如梦，梦如醒，在半梦半醒间穿行，仿佛也能感受到少游的梦境了。就让我醉卧浓郁的春色里吧！失却了方向又如何？就让我因了这难得的糊涂而迷失山间吧！

醉卧古藤阴下，了不知南北，何妨？

绿肥红瘦：

绿杨烟外晓云轻，红杏枝头春意闹

木兰花

东城渐觉风光好，縠皱波纹迎客棹。

绿杨烟外晓寒轻，红杏枝头春意闹。

浮生长恨欢娱少，肯爱千金轻一笑。

为君持酒劝斜阳，且向花间留晚照。

【二一七】

（一）

说起宋祁，也许不是人尽皆知，但是说起“红杏枝头春意闹”这句词，却流传至广，无人不晓。宋祁，是北宋著名文学家、史学家，曾与欧阳修等合修《新唐书》。宋祁早年家境并不好，但他和哥哥宋庠都是天资聪颖的神童，在文学上都有天赋，乡试、省试、殿试，每次都是兄弟两个人一起上阵，均名列前茅，传为一时佳话。最有意思的是在殿试时，主考官将宋祁定为“状元”，但刘太后不同意，她认为做弟弟的不能排在哥哥之前，于是将宋庠定为“状元”。就这样，哥哥宋庠成了状元，弟弟宋祁虽然不是状元，但也等于状元，兄弟俩便有了“双状元”的美誉，并称宋庠为“大宋”，宋祁为“小宋”。“二宋”从此名扬汴京。

宋祁入仕后，在晏殊的栽培下，平步青云，过上了富贵奢华的生活。当时大宋天下太平，繁荣富足，宋祁仕途顺畅，在晏殊的熏陶下，也热衷诗酒歌舞，喜欢享受，主张“行乐还须年少”，他经常在府邸大摆筵席，昼夜狂欢。

宋祁沉迷于风花雪月中，喜欢在筵前酒边、花前月下赋词吟诗。他的词构思新颖，风流雅俊，描写生动，有韵亦有境，艳丽而不轻薄，读后令人心旷神怡。这首《木兰花》是最杰出的代表。

城东的景色越来越美，微风吹皱了整个湖面，那漾动的碧波，是欢迎游客的浅笑。清晨略带些寒意，轻烟薄雾笼罩着翠柳，枝头的红杏争鲜斗艳，蜂飞鸟鸣，莺歌燕舞，春意盎然。

平生只恨遗憾太多，欢娱太少，何必吝啬金钱，轻视快乐？让我们一起端起酒杯挽留斜阳，请它把美丽的余晖在花丛间多停留会儿，让欢乐在人间常驻吧！

这样繁花争艳、朝气蓬勃的初春景象让宋祁陶醉了，发出了“浮生长恨欢娱少，肯爱千金轻一笑”的感叹。词人对美丽春天的留恋之情和及时行乐的生活态度跃然纸上。人生的欢乐是多么少啊！愿拿千金换一笑。其实作者看得很透，钱财乃身外之物，生不带来，死不带走，只有健康的身体和愉快的心灵，才能伴人终生。端起斟满的酒杯，邀请夕阳，劝夕阳同干一杯。希望金色的晚照，能够在美丽的花丛中多停留一会儿！

（二）

时光稍纵即逝，何不及时享乐。不知道后人对这其中的兴味了解多少，也许这首词的内容已经在时间的长河里慢慢失去了光泽，但至少为人所传唱的“红杏枝头春意闹”依然活跃在人们心里。宋祁也因此有了“红杏尚书”的美名。

红杏枝头饱含春意，竟然“闹”起来了。的确，这既是真景物，也是真感情。绿柳如烟，状其淡绿之时那种若有若无的绿色，头上的红杏，如火如荼，颇为耀眼。行笔至此，盎然的春意，蓬勃的生机跃然纸上。“闹”字写出杏花争鲜斗艳之神，也表现出词人的欣喜之情，境界全出。

王国维在《人间词话》中有：“红杏枝头春意闹”，着一“闹”字，而境界全出。沈雄也在《古今词话》中说：人谓“闹”字甚重，我觉全篇俱轻，所以成为“红杏尚书”。唐圭璋《唐宋词简释》里有：此首随意落墨，风流闲雅。起两句，虚写春风春水泛舟之适。次两句，实写景物之丽。绿杨红杏，相映成趣。而“闹”字尤能撮出花繁之神，宜其擅名千古也。下片一气贯注，亦是动人轻财寻乐之意。

很多人会关注“闹”字，为此而遮掩了全词的光辉，但其实“为君持酒劝斜阳，且向花间留晚照”才是词人的深意。人生苦短，欢娱短暂，词人无奈，举杯挽留夕阳，挽留时光。“劝斜阳”“留晚照”写出词人留恋美好时光的情感，却又流露出无法留住时光的无奈和失望，令人回味。

（三）

古往今来，春天在人们心目中，总是充满了浓浓的诗意。人们总是用最美好的语言，来形容春天；总是用最美好的情感，来赞美春天；总是用春天来比喻生活中美好的事物、美好的人物、美好的情感。

然而人生的春天又有多少个时日呢？很多人指责宋祁纵情宴饮声乐，但是，转念一想，人生苦短，谁也不知在某一个生命的节点，就要与这长世作别。在他心中，得乐且乐才是最重要的吧，为什么要辛苦了这一身皮囊，拘谨在这世间，不得快活呢？且让旁人数落我的放纵与轻狂，白日放歌须纵酒，这番洒脱与谁说？

“绿杨烟外晓寒轻，红杏枝头春意闹”，红杏枝头的盎然春意为宋祁的美丽人生献上了最精彩的一笔。这也大概是他生命里最美的时光。

乡村即景：
稻花香里说丰年，听取蛙声一片

西江月·夜行黄沙道中

明月别枝惊鹊，清风半夜鸣蝉。
稻花香里说丰年，听取蛙声一片。
七八个星天外，两三点雨山前。
旧时茅店社林边，路转溪头忽见。

（一）

乡村夏日，夜空晴朗，月亮悄悄升起，投下如水的月光，惊起了枝头的喜鹊；夜半时分，清风徐徐吹来，把蝉的鸣叫声也送了过来，一派宁静优美。虽是夜行，却似乎一点儿也不着急。不紧不慢地行走在山路上，一会儿看看明月走到哪里了，一会儿听听鸟啼蝉鸣，悠闲自得。此时，没有需要快马加鞭的紧急公务要处理，也不用为他人的指责、诽谤而彻夜难眠。路旁的稻田里，稻花飘香，预告着又一个丰年的到来。田里的青蛙也耐不住寂寞，阵阵叫声此起彼伏，连成一片，写出作者热爱自然，热爱夏天的生机勃勃。月光下，嗅着稻花的香味，听着蝉鸣蛙叫，轻松愉快的词人继续信步前行。

抬头望空，“七八个星”挂在天边，稀稀落落，原来星星们都叫乌云给遮挡住了。突然，山前下起小雨来，“两三点雨”滴落到了词人身上。这样一来，刚才还闲情逸致的词人不禁有些着急了。夏日的天，说变就变，也许一场倾盆大雨就会继之而来呢？他加快了脚步，赶着寻找避雨之所。从山岭小路转过弯，过了一座溪桥，就在土地庙旁的树林外，一座茅屋出现在词人眼前。高兴的他细细一看，竟然就是从前落过脚的那家小店。

虽然遭弹劾免职，胸中还有诸多愤懑愁苦，但美丽的自然和恬淡的乡村生活替他化解了部分激愤之情。在这美好的夏日夜晚，走在宁静的山间小路上，他已经完全沉浸于清风明月之中，融于天地。

（二）

辛弃疾中年之后，政治上基本上被朝廷搁置，让他过起闲居的生活，也正因为这种搁置才成就了稼轩的词坛地位，才有了词坛这颗永不坠落的星辰。他也曾学起陶渊明的隐居，如果往昔的热闹是生命的重音，那闲居生活一定是温柔的和弦。遭遇人生的跌宕、仕途的沉浮之后，内心的宁静不足为外人道。

在这期间，词人写过的许多描述乡村风光和农人生活的作品，多为平淡之作，然而平淡中却有深意，朴素清丽、生机盎然。在《鹧鸪天》中，也有这样的佳句："山远近，路横斜，青旗沽酒有人家。城中桃李愁风雨，春在溪头荠菜花。"

于简朴中见爽利老到，是一般人很难达到的境界。故刘克庄《辛稼轩集序》说："公所作，大声鞺鞳，小声铿锵，横绝六合，扫空万古，自有苍生以来所无。其秾纤绵密者，亦不在小晏、秦郎之下。"这是比较全面也比较公允的评价。

他一向很羡慕笑傲山林的隐逸高人，闲居乡野同他的人生观并非没有契合之处；而且，由于过去的地位，他的生活也尽可以过得颇为奢华。但是，作为一个热血男儿、一个风云人物，在正是大有作为的壮年被迫离开政治舞台，这又使他难以忍受，《水龙吟·登建康赏心亭》中，他感慨："休说鲈鱼堪脍，尽西风，季鹰归未？求田问舍，怕应羞见，刘郎才气。"他常常一面尽情赏玩着山水田园风光和其中的恬静之趣，一面心灵深处又不停地涌起波澜，时而为一生的理想所激动，时而因现实的无情而愤怒和灰心，时而又强自宽慰，作旷达之想，在这种感情起伏中度过了后半生。“了却君王天下事，赢得生前身后名。可怜白发生！”(《破阵子·为陈同甫赋壮词以寄之》)，“却将万字平戎策，换得东家种树书”(《鹧鸪天》)，在这些词句中，埋藏了他深深的感慨。

如果说他闲云野鹤的村居生活是闲的，但他又从来没有闲过，在他大量的创作中，我们看到的，不仅仅是一个寄情山水、安于农舍的居士，而是一个满怀心事，用心诉说心中梦想的志士。为那些质朴而感动，为灵感翻飞而歌之，于是才有了我们今天见到的这些优美的词句。

（三）

一个文武兼备、有着卓越胆识和独到眼光的战略家，处在这样一个山河破碎、动荡难安、人们渴望英雄的时代，却无法向世人一展其将军的雄姿。欲藏心事与谁说？

时势造英雄，英雄却为时势所累。到底是谁的过错？你无法责备一个时代的过错，也无法怨恨历史的无常。身处其中，谁又能说得清楚呢？

只有一点，我们是了然的。当你追寻辛老的脚步，循着稻花香，听蛙声蝉鸣，览清风明月，你会否感受到，有一个熟悉的灵魂离你很近，很近，且不说这其中包含了多少纠缠复杂的心情，但他依然有着那份让人难以企及的乐观。

人生何其跌宕，而我相信，有些东西，路转山回，也会突现。

卷九

羁旅·思乡·此心安处是吾乡

陈酒不消乡愁：
故乡何处是，忘了除非醉

菩萨蛮·风柔日薄春犹早

风柔日薄春犹早，夹衫乍着心情好。
睡起觉微寒，梅花鬓上残。
故乡何处是，忘了除非醉。
沉水卧时烧，香消酒未消。

（一）

春天刚到，虽然阳光还较微弱，但风已变得柔和，不像冬天那样刚猛，天气已渐渐暖和起来。南方早春人们换着夹衫，欣喜万分。然而这样的清晨，却觉得有些微凉，大概是因为刚刚睡起的缘故吧。照照镜子，才发现鬓发上插戴的梅花已经残落了。

哪儿才是我的故乡呢？除非大醉才能把它忘却。等到临睡烧一炷沉水香，待香烧尽了，我的酒意还没过去。

风再起的时候，几乎让人忘却了忧伤。现在，又是初春，又到了这闲适而温暖的季节。

阳光宛如少女刚睡醒时的眼神，透出淡淡的迷离。映入眼帘的草色是极浅的青，像是拂过大地的曼妙歌声。“喧鸟覆春洲，杂英满芳甸。”岸边的柳叶还是初黄未绿，那些不知名的小花早已经迫不及待地冒出头来呼吸这仍有些寒意的空气了。而当终于脱下厚厚的夹袄换上轻便的夹衫，在窗前沐着这如手指般温柔的春风时，谁又不会有个难得的好心情呢？

这，或许是一年最好的时节了。但这时，那些去年的花，却是该落了。“晓霜应傍鬓，夜雨莫催花。”这个清晨，似乎还有花瓣落在脚边，缓慢地，温暖地，随着风的脚步在小石子路上摩挲。鬓上那枝曾经绽放出别样绚烂的梅花早已陨落，只残留一抹淡淡的香痕。一切了无痕迹，只有昨夜的醉梦中隐约还望见满树的梅花，清芬暗送，兀自美好。但醒了，那月下的淡色花影就化成了微薄的晨曦，在这个清晨，散了四处。举目望去，眼前的一切似乎还沉睡在清冽的空气中。轻寒袭来，宿醉未消。

（二）

清照是极爱梅花的，年轻时爱她的清雅，老去后爱她的坚韧。当她还是个待字闺中的少女时，冬季的汴京到处都是繁花满院，清香宜人。她一定还记得当时家中院落里的梅花“香脸半开娇旖旎”“玉人浴出新妆洗”吧。娇容清丽，至今仍历历如新。那时的她，心中应当还有着“此花不与群花比”的隐约骄傲吧。

与赵明诚新婚燕尔之时，有着那段终生难忘的美好。“红酥肯放琼苞碎，探著南枝开遍未。”红梅佳美如斯，又是在映衬当时的温馨与甜蜜吗？甫至江南时，新开的梅花“玉瘦香浓，檀深雪散”，让她不胜怜惜。这是否又在轻轻喟叹这多变的时局与命运？枕边那一缕“熏破春睡，梦断不成归”的梅香，又带给了她几许安慰，抑或是哀愁呢？而失去爱侣之后，曾经“伴我情怀如水”的那一枝寒梅，如今却是“天上人间，没个人堪寄”。这世间有太多的沉痛，只让人“年年雪里，常插梅花醉”，最后却落得个霜华染鬓，清泪满衣。

这一缕梅香，几乎陪伴了她或悲或喜的整个人生。而这几曲梅花词，又何尝不是她的心路历程？如今鬓间这枝残落的梅花，难道是命运的又一个隐喻吗？现在，当她轻抚这如花般陨落的时光，或许也会触到其中那些隐秘的伤痕吧。

其实，为什么又要想起从前呢？醉了，也就忘了。忘了故乡何处，忘了身在何方，忘了这世上的所有。但哪里还有从前那样温暖人心灵的窗影啊？烛光跳跃，明暗着满屋的恬静与安宁。那时候的一本书，一杯茶，一个微笑，都是如此惹人怀念。还是回到故园去吧，那些亲切的笑容，那些熟悉的味道，就仿佛是多年前的那个清晨，能望见青色的瓦，淡淡的光。

只可惜，那只不过昨夜的梦罢了。也许只有到醉时，心中才会有这片刻的安宁。清晨那一霎时的微风让人清醒，却也让人清楚地感觉到疼痛。

梦永远是个孤独的孩子，酒是它唯一的玩伴。而人生又有几回醉梦中的欢愉呢？梦几回，醉几回，故乡在何方？

（三）

也许是一杯陈年的老酒，说起来就让人陶醉。也许是一个既远又近的梦，伴随着生命的历程，随时都会出现在眼前、心中和情感的深处。

故乡在哪儿？在文人墨客的笔尖，它是一个茅檐低小、溪上青青草的醉里温柔桃源乡，梦之所系心之所向；真正贴近了，而又是百转千回蓦然回首那城却在灯火阑珊处。

而乡愁，便是一棵没有年轮的树，永不老去。

易安呵，你一定是爱极了故土，今夜你飘然而归，带着淡淡的哀伤，西子湖畔太艳糜，这荷花深处才有你的根。点墨，即是你的寸心，在明湖的清澈里，你的海棠依旧，你不用再将那三叠阳关唱个千遍。从此，你的背影，是一种模糊的怅望，仿佛雾里的，挥手别离。

踏尽红尘何处是吾乡？忘了除非醉，忘了除非醉。

羌笛难饮征夫泪：
浊酒一杯家万里，燕然未勒归无计

渔家傲·秋思

塞下秋来风景异，衡阳雁去无留意。
四面边声连角起，千嶂里，长烟落日孤城闭。
浊酒一杯家万里，燕然未勒归无计。
羌管悠悠霜满地，人不寐，将军白发征夫泪。

（一）

不经意，一阵萧瑟的风吹来。这该是入秋时节了吧。你看，登高远眺，那满眼看着的，那满耳听到的，可全是些秋色，可全是些秋声。天是黄的，地是黄的。茫茫地，没有边际。唯独可以聊以自慰，而颇有些生气的，便是这重重叠叠的山峦之中，巍然屹立着的脚下的这一座城池。可是，夕阳西下，在阵阵雾霭的掩映之下，随着几缕炊烟起过，那城门便已紧紧关闭。于是，愈发显得孤独与落寞。不由得，便要忆起江南的好来。这次第，江南该是满山的杜鹃、野菊遍野了吧。而余外，漫山遍野的，也该到处是些丰收的号子声了吧。那声音，曾经是多么熟悉。而今，即便只是淡淡地忆起，便又似乎就响在耳际。质朴，纯真，饱含乡音，而又满是激情。可是，为什么，为什么，此刻耳朵里塞满的，全是些风的号子、牧马的悲鸣、胡笳的啾啾、驼羊的哀号……为什么夹杂着些号角的一阵紧似一阵的呼号，没来由的来，没商量的来，而始终又不曾见着有片刻的停歇。

遥望远处的山峦，一直望过去。似乎就要望到远在万里之外的家了，似乎就要看到远在万里之外的亲人了，似乎甚至于看到他们的影闻着他们的声了。可是，一阵风过，瑟瑟地发一阵抖，方才知晓，原来一切都是空的。原来一切都是空的！颓然地坐下，举杯，痛饮。酒气弥漫开去，原以为，这愁绪会随着风儿飘去。末了，却不曾去，且愈发浓郁。这功业未建，何时才是个归期？才饮着酒儿，那悠悠的笛儿便又吹响。这该是一首怀乡的曲儿吧。否则，怎么恁地就让人夜不能寐，且还落了泪，湿了斑白的两鬓？是呀，这次第，岂又只是一个“愁”字可以了得？！

（二）

秋来早往南飞的大雁，风吼马啸夹杂着号角的边声，崇山峻岭里升起的长烟，西沉落日中闭门的孤城……这近乎是一幅寥廓荒僻、萧瑟悲凉的边塞鸟瞰图。“长烟落日”，很自然地使人想起王维《使至塞上》中的名句：“大漠孤烟直，长河落日圆。”——边塞，虽则经过了历史长河的淘洗，但在古诗人的笔下，却依然留有相同的印迹。

家万里，酒一杯。一杯浊酒怎能浇万里思归之愁呢？其结果必然是“举杯消愁愁更愁”。然而，将士们之所以不得归去，“燕然未勒”，没有建立破敌的大功，如何归去？

宝元元年十二月，夏州地方割据势力头子赵元昊反叛宋朝，第二年正月，赵元昊上表请称帝改元。接着，大兴干戈，还好赶上一场大雪，西夏才撤兵，延州城总算侥幸保住了。但一些贪生怕死的官吏却吓破了胆，范仲淹不得不挺身而出，主动挑起了这副保民卫国的重担。他希望能干出一番扭转乾坤的事业，永熄边烽。但是在积贫积弱的北宋时代，他根本不可能成为“勒燕然”的窦宪。主观愿望与客观现实的矛盾冲突达到高潮，因而在浓霜遍地的夜晚，随着悠悠羌笛之声，他陷入了深沉的悲慨之中，久久未能入眠，流下了忧国思乡的热泪。

出身孤寒，登朝以后，就和统治集团的腐朽势力展开了激烈的斗争。《宋史》说他“每感激天下事，奋不顾身”。然而，北宋时期，政权完全掌握在大官僚、大地主手中，出身中下层的官吏在斗争中处于劣势。仅凭一人之力，如何扭转大局？

作为一个有理想的封建士大夫，具有“匈奴未灭，何以家为”的豪迈精神，而在事与愿违，侘傺坎坷之际，又不免消沉。“燕然未勒归无计”，在完成抗击侵扰的任务以前，当然是无法回乡的，只有在这里坚持下去。傍晚之时，对景思乡，欲归不得，借酒消愁，消磨了许多时光，已经由黄昏进入深夜，这时听到的是悠长的羌笛，看到的是银白的浓霜，怎么能够入睡呢？

（三）

在时代的大背景之下，个人的努力显得多么渺小，有心杀敌，无力回天。然而又有多少人还和我一样，为了天下大事奋不顾身，一腔热血洒边疆。

秋风起，雁南飞。心也随雁南飞，跨过边塞落日，伴随羌管悠悠，抵达遥远的故乡。然而此刻又怎能离去呢？战事胶着，将军士卒一夜白头有谁知？唯有这无尽的愁思化作一行行热泪，在这样冰冷的夜晚，凝结成霜。

一杯浊酒，几丈愁思。

思故乡，思故乡，何时可以归故乡？

酒肠难载相思：
芳草无情，更在斜阳外

苏幕遮·怀旧

碧云天，黄叶地。
秋色连波，波上寒烟翠。
山映斜阳天接水。
芳草无情，更在斜阳外。
黯乡魂，追旅思。
夜夜除非，好梦留人睡。
明月楼高休独倚。
酒入愁肠，化作相思泪。

【二三五】

（一）

蓝天白云，黄叶遮地，秋色连着水波，水波上寒烟凄迷。斜阳映照着群山，蓝天与白水连在一起，色彩浑然如一。碧绿的春草无情无意，向远处延伸着，延伸着，直到斜阳之外的天际。

思乡的情怀令我惨惨戚戚，旅居塞外更加深我的愁思。日日夜夜都寂寞难耐，只有在美好的梦境中苦挨着时日。明月映照之时，千万不要到高楼凭栏独立，因为徒自望乡而又回归无计。闷酒进入愁肠，全都化作了相思的眼泪，真是徒增忧愁。

一位年逾七旬、饱经风霜的老者，在经历了残酷的高层政治斗争后，由于朝廷中保守派的阻挠，被迫放弃了自己的改革宏图，自请外任，离开了本应使他施展才华，一展政治抱负的朝廷。这位老者就是宋代名臣——范仲淹。

庆历四年改革的失败，成为他政治生涯的转折点。被迫罢政，自请外任的范仲淹已是过了知天命的年龄，但是他虽然处江湖之远，依然心忧朝廷，心忧国事。在距朝廷千里之外的南方，漫步田野，暮秋湛蓝的天空浮动着绵绵的白云，秋风吹落金黄的树叶，撒满了田野、河堤，高天厚地之间，浓郁的秋色和绵邈秋波相连于天边，而依偎着秋波的则是空翠而略带寒意的秋烟。

在这碧云、黄叶、绿波、翠烟，构成的色彩斑斓的画面里，那漂泊的白云是老人的乡思旅愁布满心头；那飘落满地的黄叶是残酷政治斗争的无情吧：失败者被扫地出门，流放远地，任人蹂躏；在山映斜阳天接水的尽头，那绿波、翠烟就是老者忧国忧民的无边愁绪了。范仲淹被这极天极地的苍莽秋景所感染，相思、旅愁、飘零、失意、忧国忧民的愁绪一下子涌上这个在政治斗争中已被锤炼成硬汉的心头，使铁石心肠的人发出了黯然语。

（二）

在这天、地、山、水和斜阳融为一体，构成的薄暮时分的凄凉秋景中，老者一定想到了蔡邕的《饮马长城窟行》："青青河畔草，绵绵思远道"；一定想到了李煜的《清平乐》："离恨恰如草，更行更远还生"。芳草历来是别离主题赖以生发的意象，自然也成了老者的心境意象。可是，老者的离愁和忧伤比他想到的那些人的心境和诗句更深、更浓、更远，"更在斜阳外"。

黯然的乡愁和纠缠不已的怀乡之情，在老者的心头萦绕，缠绵痛苦的羁旅之思，在老者的脑海里挥之不去，夜夜除非在美好梦境中才能暂时泯却乡愁。但天涯孤旅，"好梦"难得，乡愁也就更多的时候是无计可消的了。

漫漫长夜，月难圆，秋风起，人不眠，梦难成，七旬老者登楼远眺，以遣愁怀；但明月悠远朦胧的光华，反使他倍感孤独与怅惘，他害怕高楼，更怕独倚高楼，于是发出了"明月楼高休独倚"的千古长叹。

为了躲避相思、旅愁、飘零、失意、忧国忧民的愁绪，老者只好孤身下楼，月下独酌，借饮酒来消释胸中块垒，但这一遣愁的努力也归于失败："酒入愁肠，化作相思泪"。沉雄清刚之气在酒中又化作低徊婉转的愁绪。

（三）

走过一路的沧桑、落魄，萦绕耳际的却是缥缈的灵魂在半空旋舞的呻吟、呼唤；走过一路的烟雨岁月，漫过季节的更替，内心的隐痛冢于逝去的光阴。天空有大片的云掠过，微微风荡漾，轻捻发梢，细数掌心的纹路，盘点支离破碎的思绪，一切都那么的朦胧又清晰。

芳草无情，更在斜阳外。当我们安然地安眠于文字的荒冢，在淡淡的词句里，等一段地老天荒的情怀。仿佛还能感受那份沉淀已久的愁思。

晓风残阳渺炊烟，枯枝衰草笑梦残。莫问夕阳为谁去，只恨西风吹梦成今古。为谁感叹为谁愁，为谁辛苦为谁眠。历史风轻云散，斜阳西下只剩下那个单薄佝偻的身影，徘徊在斜阳外，看夕阳离去，望残月升起。

打开尘封记忆：
无穷无尽是离愁，天涯地角寻思遍

踏莎行·祖席离歌

祖席离歌，长亭别宴。
香尘已隔犹回面。
居人匹马映林嘶，行人去棹依波转。
画阁魂消，高楼目断。
斜阳只送平波远。
无穷无尽是离愁，天涯地角寻思遍。

（一）

很多人可能不清楚“祖席”是什么，古人出行时要祭祀路神，因此又称饯别宴会为“祖席”。自然，“长亭”也是送别之地。饯行酒席上唱完离别的悲歌，亭中散了离别的饮宴。“香尘已隔犹回面”。这是刚分手时的情景：落花满地，尘土也带有芬芳的气息，隔着漠漠的香尘，离人仍频频回首，难舍难分。送行人的马隔着树林嘶叫，行人的船已随着江波渐去渐远。无论是“居人”还是“行人”，都缱绻缠绵，不忍别去。

而站在画阁上的词人也是黯然消魂，登上画阁，凭倚高楼，独自含愁极望，唯见江波映照着落日余晖，伸展向遥远的天边，徒令人增添别恨而已。居人登楼，只是怅惘离怀，有所不甘，并继续目送行舟。

“无穷无尽是离愁，天涯地角寻思遍”。饯别相送及别后的怀思，如一幅丹青妙手绘的春江送别图，置身其间，才可见缱绻深情。也难怪唐圭璋《唐宋词简释》谓这首小词“足抵一篇《别赋》”，当非过誉。

（二）

晏殊十四岁以神童入试，赐进士出身，历任要职，更兼提拔后进，如范仲淹、韩琦、欧阳修等，皆出其门。更以词著于文坛，尤擅小令，有《珠玉词》一百三十余首，风格含蓄婉丽。这样精彩的人生简历，在北宋历史上，可谓难得一见。在众多虽有诗名却命途多舛的文人里，晏殊怕是为人羡慕的一类了。他一生富贵优游，所作多吟成于舞榭歌台、花前月下，而笔调闲婉，理致深蕴，音律谐适，词语雅丽，诗、文、词兼擅，为当时词坛耆宿。然而这样的人，就没有烦恼了吗？

愁思这种情绪，可能与任何境遇都无关。它就像忽如一夜春风来，谁也抵挡不住，它也像一场细细密密的小雨，渗透进你的心田，慢慢地滋生出一种厚重的感情来。当它突如其来，你的心里便有了波澜，无时无刻不为之牵动，像是置身于一种强大的忧郁里，你的不愿、你的不舍，全都没有缘由可寻，却又无法阻挡。

这样想来，离别，不过是最普通的字眼罢了。每个人都脱离不了。阴晴圆缺，聚散分离，凡此种种，无法避免。忧从中来，也是点滴离人思。

李煜说，是“离愁，别是一番滋味在心头”，这番离愁只是一种难以言说的滋味，一直在心头萦绕，不能断绝；欧阳修说，“离愁渐远渐无穷”，愁思远去，化作无穷，离别之时的伤感戚戚，也随着时间而渐渐远去了，它是那么浓重的一抹，无法消散；而晏殊的离愁却是“无穷无尽是离愁，天涯地角寻思遍”，这离愁是无穷无尽的，而且不止于此，作者仿佛要故意治气似的，要让这般心情往天涯海角寻思去，离人去了哪里，我的思念便去向哪里，即便是天涯海角，也要让这愁思抵达。

（三）

人生大概就是一程没有定律的跋涉，每一程风雨都有不同的风景融入生命，将时光打磨。赏春花，看秋韵，在旅途中演绎着生命的七彩斑斓。季节的交替将年轮叠加，岁月留下的道道印痕，深浅不一，刻入了记忆之中。离别，也是这四时变化中的不可忽略的一部分。

曾经那些熟悉的容颜，似乎也都在岁月的风声里越去越远了，只余下一些记忆的痕迹，散落成一地的斑驳，再也找不回昨日的似锦繁华。

流年似水，岁月蹉跎，没有不散的筵席，也没有永恒的相聚，终有时候，我们要和过往别过，和往事干杯。人生有太多的路途，我们只能相伴至此。

分别时，没有流连的泪眼，相对，无语，一杯浊酒。也许是香尘满面，遮住了想要落泪的眼睛，这样不舍的情绪，不便表于人前。行人远去，波心棹转，马鸣哀思。

从别后，唯有高楼远望，斜晖，流水，离愁飘散，目送平波远去。如果离愁也有翅膀，它一定能乘风而去，飞到天涯海角的每个有你的地方。

别后悠悠君莫问，无限事，不言中。浮云一别，流水十年。从此梦中只忆相逢。几回魂梦与君同。

残花落叶愁更苦：
点点愁人离思

更漏子·秋

墨痕香，红蜡泪。
点点愁人离思。
桐叶落，蓼花残。
雁声天外寒。
五云岭，九溪坞。
待到秋来更苦。
风淅淅，水淙淙。
不教蓬径通。

（一）

墨痕一段香，红蜡几滴泪，点点都是离人的愁思。梧桐叶落了，蓼花也残了，雁声阵阵，仿佛在天外回响，天凉了，寒意阵阵。

五云岭，九溪坞。等到秋天来临的时候，景色却更加凄苦。风儿淅淅，流水淙淙，蓬径深深，却没有办法通过。

点点淡墨痕，滴滴红蜡泪。其间蕴藏着多少故事，我们不得而知。我们且自行想象，这淡淡的墨痕香气，是当时词人张淑芳的心爱之人留下的痕迹，也许是曾一起研磨作诗，写下心仪的诗句，残留下的淡淡墨香。而今良人远去，却留下关于这墨痕的回忆，让词人一遍遍温习，守着薄凉的夜晚，红蜡的泪也已经凝干，睹物思人，目及，思及，都是满满的回忆，点点滴滴都牵动着词人内心的愁思。

点点红尘，一曲相思瘦。指尖只有这一段淡淡的墨痕香，又怎么挽留。曾经的相守还历历在目，也许宿命的漂泊是因为选择了遥遥无期，若一而再再而三地错过只是不期而至的依依难舍，那么离别的愁绪又怎么言说？

你不经意的离去带走了江湖，你凝眸望不透我心里的荒芜。曾经题字的双手摸不透我缱绻心事里怎样的寂寞。蓓蕾一样默默地等待，夕阳一般遥遥地注目，也许藏有一个重洋，但流出来只有两滴泪珠。要横渡怎样的绿水悠悠，才能寻回你题字的双手，点点淡墨痕，晕染多少烟雨水韵里的似水柔情，红蜡滴滴泪，包含了多少期盼与深情。

（二）

一阵秋雨一阵凉，一阵秋风一阵寒。一声梧叶一声秋，一点芭蕉一点愁。

梧桐在古代的中国可谓是神树。《诗经·大雅》写道："凤凰鸣矣，于彼高岗。梧桐生矣，于彼朝阳。"凤凰是传说中的东方神鸟，无上的高贵圣洁，神鸟只选择梧桐树栖息，足见梧桐具有怎样的神奇了。庄子《秋水》云："夫鹓鸰发于南海，而飞于北海，非梧桐不止。"此典也可以印证良禽择木而栖的神异。

也许是因此，自古以来，文人墨客对梧桐有着特别的情感，常常借梧桐树而感叹人生。比如，唐代的王昌龄写下了："金井梧桐秋叶黄，珠帘不卷夜来霜。熏笼玉枕无颜色，卧听南宫清漏长。"孟郊吟诵出："梧桐枯峥嵘，声响如哀弹。"诗人们把梧桐叶落时、人自愁思起的借喻刻画得入木三分。

深秋几度风雨，梧桐茎黄叶枯。当梧桐叶知道当下的使命行将结束，于是挤干了最后一丝涩涩的苦水，无声地吻别树枝，在无牵无挂中相继飘落，轻柔地、含羞地拥进大地的怀抱。这样的凋零却牵引着词人的愁绪更增添了几分。

梧桐叶你一定见过，但不知你可曾见过蓼花。"江南江北蓼花红，都是离人眼中血。"红蓼点点，都是离人愁。而今蓼花也开败了，愁思却不减半分。

蓼花开在路边，渺小得人们根本不会留意到它，混杂在其他杂草间，随着秋风起起伏伏。那点点粉色，像一些轻尘，撒落在这个开始暗淡的季节里。这是一种充满秋意的花，也是真正属于秋天的花。风吹过，起起伏伏。

雁声阵阵，从遥远的天边传来，也带着淡淡的寒意。

这一切，都如同一幅精美绝伦的哀绪离愁之画。离愁别绪，其实每个人都或多或少会有，它们像晨起的薄雾一般，挥不走也看不清。是乡愁、离愁，抑或是情愁？

（三）

我们更愿意相信，这是情愁。

蝶衣轻举逐香尘，舞色随风淡墨痕，穿越千年的宋代，剪裁一袭相思的背影，相约在水一方。我们已经很难再寻觅到词人的踪迹，关于她的生平，关于她的故事，都已经湮没在历史的尘埃里。她没有像很多大家一样，留下很多趣闻逸事，还可供后人参考考证，只有这几首词，安静地置放在这尘世间，供后世品读。我们只能从这些词句里，去猜想、去还原一个原始的她。也许是不真实的，但我们愿意让她完美。

风，吹起了千年的吟唱，环绕纠缠了眉间的寂寞，楼台亭榭，凭栏独守，满腔幽幽诉无处，魂梦依依枉叹息。清歌声里门半掩，留白了诗韵琴弦。前世的擦肩，最是回眸的花间。烟雨蒙蒙，篡改了遇见时的誓言。一抹泪残，奏不尽的红尘恋。

你可知，当你远去，所有的风景都凝结成苦。

不忍登高临远：
望故乡渺邈，归思难收

八声甘州·对潇潇暮雨洒江天

对潇潇暮雨洒江天，一番洗清秋。
渐霜风凄紧，关河冷落，残照当楼。
是处红衰翠减，苒苒物华休。
唯有长江水，无语东流。
不忍登高临远，望故乡渺邈，归思难收。
叹年来踪迹，何事苦淹留？
想佳人，妆楼颙望，误几回、天际识归舟。
争知我，倚栏杆处，正恁凝愁！

【二四七】

（一）

秋，在王维笔下是“秋天万里净，日暮澄江空”；在王勃眼中是“落霞与孤鹜齐飞，秋水共长天一色”；在李颀诗里是“秋声万户竹，寒色五陵松”。这些感慨中，有的人格调低沉，把秋天描写得凄凉冷漠，甚至肃杀可怕，有的人则是对秋天的欢呼、歌颂、赞美，他们描摹秋天色彩斑斓、高旷深远、美不胜收。

然而到了柳永这里，却是“对潇潇暮雨洒江天，一番洗清秋”，在他眼里，秋，变成了游子落魄他乡，最惆怅、最落寞的时光。秋的悲，是“秋叶飘飘江南雨”的多姿，是“狂风惊雷点层层”的稠密，是“望君远去情切切”的凄凉。秋的心情便是愁。

面对着潇潇暮雨从天空洒落在江上，经过一番雨洗的秋景分外寒凉清朗。凄凉的霜风逐渐地迫近，关隘、山河冷清萧条，落日的余光照耀在楼上。到处红花凋零翠叶枯落，美好的景物渐渐地衰残。只有长江水，不声不响地向东流淌。

不忍心登上高山看远方，眺望渺茫遥远的故乡，渴求回家的心思难以收拢。感叹连年奔走，究竟为了什么在异乡苦苦滞留？佳人一定在妆楼苦苦地遥望，有多少次误认了远来的归船。她哪里知道，此时的我正独倚栏杆，心中结聚着无限哀愁。想起心上人，正在华丽的楼上抬头凝望。

（二）

王国维曾以此与苏轼《水调歌头》媲美，认为此二作皆“格高千古，不能以常调论也”。

“对潇潇暮雨洒江天，一番洗清秋。”秋，本是一个季节，一种时令，并非实物，是无法“洗”的，但柳永却认为秋之清冷是由暮雨洗出来的，多么生动、真切，仿佛闭上眼睛，感觉一场大雨倾盆而下，洗尽尘世污浊，一片清朗的秋就出现在面前，那样透彻澄明，那样高远空灵，仿佛触手可及，连呼吸也是清爽的。然而这雨是冷的，丝丝凉意的秋雨，则是另有一番滋味在心头了，凄凉冷清，霏微萧瑟，诉说着青春已逝，韶华不再的叹息。

“渐霜风凄紧，关河冷落，残照当楼。”这是撼动古今诗人心扉的名句，把秋色渲染得更加深透。霜风有不少寒意，凄凉而紧凑，关河都是游子离家、回归的必经之处，但现在冷清和落寞，凄紧、冷落都具有情感色彩，渐出意境。风既寒且急，行旅必少，一切在外求仕、谋职、经商、售艺之人大都回到自己温暖的家园去了，只留下空寂的关山、渡口和楼头孤悬的残照。

红衰翠减，一派凄清萧瑟之感。唯有滚滚长江水，无语东流。凄清悲凉、萧疏颓败，又化江水无情为有情，蕴含了诗人怀乡思人的悲悯情怀。

想要登高临远，眺望遥远的家乡，又不忍，思乡过切，归乡不能，这般愁思谁人懂？回顾反思。回首前尘，多少年来四处奔波，行踪不定，实无可在他乡久留的理由，该回归故乡了。佳人也好，自己也罢，都在苦苦地思念和盼望。

评说柳永，不管你怎样看待，也得承认他是中国文学史上首屈一指的风流才子。李白有才气，苏轼也风流。若要也才子，也风流，且把才气与风流玩得出神入化，游刃有余，恐怕李白与苏轼是难以望柳永的项背。

他不仅是个风流才子，还是个屡试不中的补习生，常喝常醉的酒鬼，出没秦楼楚馆的浪子，仕途坎坷的小官，“奉旨填词”的专业词人，浪迹江湖的游客，自命不凡的“白衣卿相”，歌楼妓女的铁哥们儿，放荡不羁的花花公子，市井街头的自由撰稿人，惹怒皇帝的笨蛋，不修边幅的小丑，敢恨敢爱的汉子，无室无妻的光棍，创新发展宋词的巨匠。

他的笔头流淌着阳光、春雨、丹青。他描绘的江南有声有色，有情有韵有味，让身处江南的才子也心驰神往。柳永的心头有天真稚气，柔情似水，激情似火。平仄声里，如杜鹃啼血，如秋雨打萍，溅得宋词好婉约。

（三）

在暮雨潇潇的秋日登高望远，满目山河冷落，残照当楼。大江东去，思绪也随滔滔江水远去了。这种愁情，与谁诉知呢，郁结在心中，也只会让人徒增伤感罢了。

言语的感染力到底是何等神奇，千年后的我们，再次看到这首词，浅吟低唱，仿佛依然能感受到这穿越千年的温度，那种欲说还休的惆怅心境。然而，你再也找不到一个人，拥有他的才情，拥有他的不羁，拥有他那与生俱来的忧郁。

人世几度浮华喧嚣，把热闹酝酿成平淡，寂寞难言。

卷十

豪迈·爱国·斗转星移心不灭

欲与天公语：

九万里风鹏正举，风休住，蓬舟吹取三山去

渔家傲

天接云涛连晓雾，星河欲转千帆舞；
仿佛梦魂归帝所，闻天语，殷勤问我归何处。
我报路长嗟日暮，学诗漫有惊人句；
九万里风鹏正举，风休住，蓬舟吹取三山去。

【二五三】

（一）

说起易安，最先想到的是那“和羞走，却把青梅嗅”的娇憨，“雁字回时，月满西楼”的闺思，“寻寻觅觅冷冷清清，凄凄惨惨戚戚”的孤寂。如这般“九万里风鹏正举，风休住，蓬舟吹取三山去”的雄奇豪迈倒是少见。唯一可以媲美的，便是那首“至今思项羽，不肯过江东”了。

在词史上，清照词多清丽典雅，被誉为婉约派代表。从微黄古墨的宣纸上，依稀可见一个纤细女子迤逦的眉眼。一直觉得，古画未描出她颜色的十分之一，她的灵动，她的才情，她的孤寂，她的坚韧，唯有一本《漱玉词》才能一一勾勒，向我们展现一千年前裙裾飞扬的奇女子。

书香门第，赌书泼茶，清音雅律，李清照前期的生活，便是这般琴瑟和谐。如所有幸福的小女子一样，神情明丽，柔荑纤长，华服玉环轻碰，如翠竹滴露，水击青瓷，空灵剔透。战争毁灭了这一切，狼烟胡骑，击碎的不仅是一个帝国的领土和尊严，更是这片土地上人民的衣食住行、柴米油盐，苍生何辜！乱世苟全尚且不易，更何况是新寡的女子？南渡漂泊，还有身受“馈璧北朝”之诬，可谓是内外交困，身心俱疲。一个女子的力量，在这时，便可一清二楚地体现。

据记载称，李清照为了辨明自己的清白，“从御舟海道之温，又之越”，一度追随宋高宗的足迹，《渔家傲》这首词，便是成于建炎四年，漂泊于海上之时。这首词一反其婉转多思的风格，写得气势磅礴，极具浪漫主义色彩。此时此刻，还有如此心境，可见，她并不仅仅是有才情的闺阁女子，其中的坚韧、反抗、豪迈在两宋之交凄风苦雨的文坛，无意是一道闪电，划破苦闷的天际。其实，就其追圣澄清之事，便可看出，虽深受家族传统儒家经典耳濡目染，但她却不是中庸温良、逆来顺受的女子，她孑然一身的奔波抗争，她奋力“报路长嗟日暮”。这是女性意识的觉醒，她不等待拯救，她不屈服诽谤，她不自艾自怜，她虽处逆境却奋力反抗，主动打破命运不幸的枷锁，“天接云涛连晓雾，星河欲转千帆舞”，以词为名，发出自己的声音！

（二）

中国传统的女子，大都遵循相夫教子的路径，温良恭俭让，望夫成边，思夫归来，如倚榛荆的菟丝，默默地，丰茂，枯萎，岁月无声。只有兵荒马乱的年代，才会磨砺出女子的真性情：替父从军的花木兰，击鼓退敌的梁红玉，抗金忠勇的秦良玉……都以一己之力，撑起一片天空。如鲁迅先生所说的：为中国女子的勇毅，虽遭阴谋诡计，压抑至数千年，而终于没有消亡的明证了。李清照想必也是这样勇毅的女子，家国天下于心中，虽最终飘零似浮萍，却始终有所追求，有所执着，有所坚守。

在《渔家傲》中，梦境与现实的交替，除了感受到“九万里风鹏正举”的浪漫雄奇，更多的是一个女词人的尖锐和孤愤，“我报路长嗟日暮，学诗谩有惊人句”，在女子无才便是德的时代，一个才华横溢却又思想独立的女子，是孤独的、不被认可的，甚至是应该被指责的。虽才情兼备的女诗人不在少数：薛涛、李季兰、鱼玄机、朱淑真……但她们的诗词多是或旖旎或清丽或婉转的闺思闺怨，能将这种愤懑、不满、不公强烈地表达出来的，微乎其微，李清照的《渔家傲》便是其一。这种女性意识的觉醒，在那个混沌蒙昧的社会，是难能可贵的，超越时代的思想，总是会被打压被误解的。我想她明白，因为明白，所以很多时候敛去锋芒，于一室之内，闲窗锁昼，即使不看，也知道，疾风骤雨后，海棠便是绿肥红瘦的了。

但是，清照的真性情，也会在读诗赏花之余，含蓄却独特地表现出来。且看这首不同于常人的咏花词：

鹧鸪天

暗淡轻黄体性柔。情疏迹远只香留。何须浅碧深红色，自是花中第一流。

梅定妒，菊应羞。画阑开处冠中秋。骚人可煞无情思，何事当年不见收。

文人雅士爱花，更爱托志吟咏花，可写桂花，赞其“自是花中第一流”便罢，还指出“骚人可煞无情思，何事当年不见收”，怨其《离骚》情思不足，这样指责先贤的大胆之语，还是出自女子之口的，当数第一耳。

也难怪，这首《渔家傲》中，在天帝、梦境中的呼号，敢于化作一股胆气：风休住，蓬舟吹取三山去。这样的心思，清照必是早已存了吧，只是在这极为困顿的绝境中呐喊出来。何处是归处，但且一往无前，蓬莱三山是吾家！

（三）

在纷纷攘攘的文坛，在男性文人的绝对优势掌握的写作话语权下，女子的德才往往被压抑着、掩盖着，拘于一室之内，只能莳花弄草，望夫盼夫。很多时候，以为这就是常态。李清照的出现，是一道明媚而略微刺眼的光芒，她有自己的色彩，自己的绚烂，绵密悠长，穿越岁月，芬芳依旧。

遗恨壮志未酬：
此生谁料，心在天山，身老沧州

诉衷情

当年万里觅封侯，匹马戍梁州。
关河梦断何处，尘暗旧貂裘。
胡未灭，鬓先秋，泪空流。
此生谁料，心在天山，身老沧州。

（一）

说起南宋爱国诗人，第一个想到的便是陆游，一首《示儿》，诚挚至深。轻吟着“死去元知万事空，但悲不见九州同。王师北定中原日，家祭无忘告乃翁”，穿越千年的深沉的悲哀和厚重的爱国情怀总是会激发得人热泪盈眶，唏嘘不已。但我觉得，他的《诉衷情》，一句“此生谁料，心在天山，身老沧州”才真的灼伤眼睛，心疼不已。

中国古代文人，坚持文以载道，多以匡扶社稷为已任，更何况所面对的是半壁江山，破碎山河呢。可想而知报国无门，家仇国恨一齐涌上心头，该是怎样的辗转反侧？关河梦断也罢，铁马冰河入梦来也罢，不过是一个英雄无路请缨的绝境。在这个温暖富饶、可作汴州的地方，是能暂时忘记耻辱，苟安度日，醉生梦死的。当社会主流意识与文人平生所愿相背离时，在矛盾的不可调和下，会出现两种人：隐者和痴人。前者多出现于安宁时代，退而读书，格物致知，宁静致远。后者多处于乱世，天生的使命感使其难以放下、坚守执着，将个人机遇与国家命运紧紧联系起来，家国之殇，这必然是痛苦的，而且是不可愈合不可治疗的痛苦。岁月无情，朝如青丝暮成雪，是多少有志之士都走不过的坎，“胡未灭，鬓先秋，泪空流”，从此，英雄不敢生。

“诉衷情”与这首词，真的是极为贴切的。字字真诚，句句泣血。“此生谁料”的悲哀，道出了一个时代众多人生的残缺。不能忘记，不敢忘记，却不可放下，唯有画地为牢，将毕生可望而不可即的夙愿酿作新酒，伴着三两落魄潦倒人，能饮一杯无?

（二）

从众多诗词中，可以看出，陆游是有过一段峥嵘岁月的。那时的他想必少年有志，北望中原气如山，满怀赤诚，一片丹心报天子。只是，奈何时政无常，最终，只能是天山沧州，身心异方。然时代的不幸造就了伟大的诗人，笔亦能化心，墨自有恨泪，即便零落成泥又如何，初心不改，芳香如故。

这首词成于陆游晚年，满纸秋意，“当年”二字一出，如迟暮的美人倚望韶华岁月绣成的繁花，云蒸霞蔚，满目光芒，却掩盖不了眼角细密的皱纹。“此生”一句，道出浮生将尽，便倍感悲凉了。

和辛弃疾等同时代的爱国文人一样，他们的心力，直指北方，却毕生难以到达，最终，交瘁而死。不同的是，稼轩以笔为剑，退而作词，而陆游始终是以诗词为精粹。从流传下来数以万计的作品中，可以看出，陆游是极为爱惜自己的羽毛的。如果说稼轩是被逼为词人，那么，陆游可以说是自己选择并终身致力于此，他有意识地坚持了儒家的“立德立功立言”，更为纯粹的是个儒者。只是，因为时代的原因，陆游的诗词中，更多充斥的是刀剑戎马。“此身合是诗人未？细雨骑驴入剑门。”一句自问自答，略带讽刺不甘的语气，道出了陆游为文的价值取向，不是如唐代李贺、贾岛一样，字斟句酌，仔细推敲，而是有其骨力，有其担当。

这些被满目疮痍的土地进一步唤醒的文学意识，将文学的社会责任发挥到极致。然而，这些人忘记了，诗词不是政治，它对社会的影响更多地从意识层面入手，诗词乃至文学，有其自身独立特性，将太多的重担强压其中，盼其能匡扶正义，收复河山，只能是将其推入歧途，沦为时代的传声筒。中国文人，自古以来将其安生立命之所学看得过于强大了，混淆了政治，混淆了历史，变得有些模糊不清了。好在，陆游虽思虑甚深，却始终有一个度，在保持诗词为文学的特性时，又不缺乏时代的韧性。

（三）

君子之守，君子之伤；君子之守，子孙之昌。总有人会理解这些挣扎的痛苦灵魂。如哥窑天青色冰裂纹瓷器，横斜疏疏的断层、位移裂痕，增添了流芳的韵味和品格。

一个伟大的诗人，足以从某个角度映射出一个时代的影像。其中诗词中所发出的不平和悲鸣，会因时光的流转，化作清冽的泉水，浸润着世世代代子孙的灵魂。

与这首词惊鸿一瞥邂逅，是幸事，应肃然起敬，思往事，追来者。

青春都一饷：
忍把浮名，换了浅斟低唱

鹤冲天·黄金榜上

黄金榜上，偶失龙头望。
明代暂遗贤，如何向？
未遂风云便，争不恣狂荡？
何须论得丧。才子词人，自是白衣卿相。
烟花巷陌，依约丹青屏障。
幸有意中人，堪寻访。
且恁偎红倚翠，风流事，平生畅。
青春都一饷。
忍把浮名，换了浅斟低唱。

【二六三】

（一）

整个北宋，要说最为肆意、最为倜傥的，要数柳永了。当时纸醉金迷的青楼，都传出“不愿穿绫罗，愿依柳七哥；不愿君王召，愿得柳七叫；不愿千黄金，愿得柳七心；不愿神仙见，愿识柳七面”的话了。就连死后，无家无财，也是群妓出资建了个香粉冢来安葬。这才子佳人的故事色调总是缠绵旖旎的，但背后却是怎样的清冷苦闷、自我放逐呢？一纸诏书，一句“奉旨填词柳三变”的戏言，竟如一根锐利的长针，刺穿柳永一生。

出身官宦世家，自幼负有神童之名，华冠满京华的风流才子，却在仕途之路中，坎坷非常。科考落地又如何？何必“江枫渔火对愁眠”，《鹤冲天》这种由内而外的自信，才是那个时代读书人所需要的张力。

为文者，得之文，失之文，为文生，因文死，也许很多时候这就是宿命。当时，仁宗也读过这首《鹤冲天》，先不论结局如何，就这个事情而言，足足可以看出柳永的才名，不仅流传于市井之间，还进入了朝堂，落入皇上的书案。

于是那句“青春都一饷，忍把浮名，换了浅斟低唱。”深深地刺疼了仁宗的眼睛，及至第二次科考，本已中试的柳永，被负气的帝王黜落。

因一曲《鹤冲天》引发的连锁反应在史书、稗官野史中有着零星的记录，多少人哀叹柳永的不幸，仁宗的狭隘易怒。可是，纵观整个宋朝历史，宋仁宗赵祯，他在位期间，出了包拯清正廉明以震贪官，范仲淹

“庆历新政”以整朝野，发行了世界上最早的纸币“交子”。可以说他是位明君，他在位期间，河清海晏，国泰民安。也许，这位睿智的帝王在气恼之中，也清楚地认识到柳永此人，虽有才名，却不可大用。以词之名的罢黜，也算是种成全，成全这位胸有万点墨的词人的文采，成全与唐诗并肩的宋词在中国文学史上以一种更为成熟的姿势走向顶峰。

（二）

作为宋词婉约派的代表，柳永多情可“衣带渐宽终不悔”，善思如“纵有千种风情，更与谁人说”，敏感似“栏菊萧疏，井梧凌乱，惹残烟”，最是清疏狂放要数“才子词人，自是白衣卿相”了。

满腹才华的人多有傲气，可傲气自信如柳永这般自称“白衣卿相”者，确实少见。只是，一语成谶。白衣风华，词人如玉，如切如磋，如琢如磨，流连于歌楼舞坊间，偎红倚翠，醉生梦死。词是知己，填词是自我宣泄。青春一饷，浮名堪言？只是男子汉大丈夫，谁不希望有所作为，谁不愿按着儒家修身齐家治国平天下的理想一步步实现，况且，柳永出身于书香门第，官宦世家，一家三代便有六人及第。青楼薄幸名，红袖添香，才性高妙，掩盖不住其中内心的冷然失意。经年以后，青春不再，酒气歌喉也掩盖不了空落的内心，如同这首他晚年作的《少年游》：

长安古道马迟迟，高柳乱蝉嘶。夕阳鸟外，秋风原上，目断四天垂。
归去一云无踪迹，何处是前期？狎兴生疏，酒徒萧索，不似少年时。

时间在词人的身上留下了深刻的印记，在《鹤冲天》中，那种青春一饷，及时行乐，玩世不恭的态度已经淡化了，甚至应是生出了些后悔，虽才名在外，词作流芳，可是这些，并不是心中所想，只是聊以消遣罢了。戏剧家萧伯纳说过：人生最大的悲哀莫过于得不到自己想得到的东西。一屯田员外郎，虚职无为，“柳屯田”，于才气甚高的柳永而言，是怎样的一种讽刺啊？

曾经年少，读罢《鹤冲天》，生出“平生尽，皓首柳七词”的感慨。现在，我宁愿相信这是他的牢骚之言，言不由衷的话语，他还是那个写“异日图将好景，归去凤池夸”的志在朝堂的年轻人。

（三）

柳永仕途的失意成就了他专心作词，从小令到慢词，从白描到铺叙，革新词坛，开一代词风。也许他心中的夙愿还是做一位造福一方的官吏，可是最终还是明白了，在宣纸徽墨中会有一个更大的世界等着他去挥洒心血，指点江山。做适合自己的，才是最好的。

隔着一页微黄的纸张，我看见了白衣落拓的词人，孑然一身来去，潦倒寂寥，轻吟着“且恁偎红倚翠，风流事，平生畅。青春都一饷，忍把浮名，换了浅斟低唱”，一路芳华。

听着千年的余音，心有万千余响，口不能言。

盼人会登临意：
倩何人唤取，红巾翠袖，揾英雄泪

水龙吟·登建康赏心亭

楚天千里清秋，水随天去秋无际。
遥岑远目，献愁供恨，玉簪螺髻。
落日楼头，断鸿声里，江南游子。
把吴钩看了，栏杆拍遍，无人会，登临意。
休说鲈鱼堪脍，尽西风，季鹰归未？
求田问舍，怕应羞见，刘郎才气。
可惜流年，忧愁风雨，树犹如此！
倩何人唤取，红巾翠袖，揾英雄泪！

【二六七】

（一）

他曾是意气风发、鲜衣怒马的少年豪侠，亦曾是壮怀激烈、屡建奇功的勇武将军，而如今，在山河破碎风飘絮、身世浮沉雨打萍的现实面前，早生华发，报国无门的辛弃疾无路可走，唯有穿着一身磊落的青衣，登临建康的赏心亭，长歌当哭。

平生落拓，何必登高？最怕登高。只有站在高处，才能望尽那胡臣的遗民，只有站在高处，才能记起在祖父墓前发过的誓愿，只有站在高处，那铁马冰河的星夜才会唤醒那烙入骨髓深处的伤痕，一一撕裂，疼痛与怨恨纠缠不休。

司马迁曾有言：退而论书策，以舒其愤。对辛弃疾来说，这是无奈之中的选择。他旷世的才华，如同深夜里低落苍穹的流星，精彩异常却短暂无比。划破天际，然后一路跌跌撞撞掉进南宋那片沉寂的死海。从一个“醉里挑灯看剑，梦回吹角连营”的将士，到一个舞文弄墨的文人，这该是怎样一种伤怀的转折？

他的君，没有给他任何机会，他的朝，也未曾给他丝毫退路。世事变迁，人心进退，充斥在朝堂上的不是收复失地的拳拳之心，而是人性扭曲背后的猜忌与阴谋。

所有的愤懑随着时间的流逝愈加浓烈，却找不到宣泄的出口。只能扶着栏杆，一遍一遍把它拍遍。千金纵买相如赋，脉脉此情谁诉。纵使他抗战复国的政治主张再宏大，纵使他的实际才干再突出，也终究敌不过皇帝的昏庸软弱和只求苟安的政治环境。

个人的际遇不足挂齿，可是靖康之变的国耻却永远不能忘却。柳三变可以“才子词人，自是白衣卿相”，苏东坡可以“一蓑烟雨任平生”，周邦彦可以“先安簟枕，容我醉时眠”，可是辛弃疾只能深陷悲痛之中，不能自拔。

佛说：破执而离苦。可是，在靖康之耻的离难中，在北民南渡的分别时，在懦弱朝廷的苟延残喘下，时刻幻想着沙场秋点兵的辛弃疾怎能随遇而安，冷眼入世，又怎会自欺欺人，醉生梦死？

（二）

穷途而哭，千古一恸之时，大笔一挥便是一首《水龙吟·登建康赏心亭》。这便是辛弃疾，既有着军人的豪情，又有着词人的胸怀。

写下这首词时已是稼轩南归后的第九个年头了。“归正人”的尴尬身份一度成为他仕途上的障碍。拳拳之心掏给高堂之上的帝王，回馈他的却是冷漠的目光和回避的态度。他被皇帝刻意遗忘了，这一忘，便是十年。须臾之间，英雄白头一如美人迟暮，人生又有几个十年。

古代文人偏爱在建康作词，北宋年间，王安石写下过“六朝旧事如流水，但寒烟衰草凝绿”的名句，那时候，在风雨飘摇中的北宋王朝已摇摇欲坠，但对比起今日的南宋，却至少能保得国土完整。位居宰相的王安石自然有足够的自信来俯瞰历史，借古鉴今。而此时的稼轩，国破家亡，壮志难酬，一曲《水龙吟》作罢，又怎能不“凭轩涕泗流”？

读罢此词，诗人豪迈悲壮的形象跃然纸上。酣畅淋漓的词风透露出词人峥嵘的风骨和慷慨之气概。难怪连清朝的康熙帝都说“君子观辛弃疾之诗，不可谓宋无人矣”。经年之后，能得到中国封建历史上最为英明的君王的称赞，也算是揾其英雄泪了。

（三）

中国古代的文人总是游移在儒家和道家之间，他们以“先天下之忧而忧，后天下之乐而乐”为己任，认为社会价值高于个人价值，正如张载所说，为天地立心，为生民立命。而辛弃疾，正是这样的人。千百年之后，无数人翻阅着他的诗词，品读着他的人生。历史的错位导致他“笔作剑锋长”，转而在南宋的词坛上开疆拓土，创造一个以他的姓氏命名的新词派。

人的一生可以用不同的方式来演绎，南山采菊的悠然，白鹿青崖的超迈，梅妻鹤子的清逸都令人心驰神往，但是，也许只有像辛弃疾这样靠一己之力与现实做改变和抗争的人，才是真正值得被历史铭记的民族脊梁。他们以“寸寸山河寸寸金”为执念和信仰；他们仇恨苦痛，位卑未敢忘忧国；他们捐躯赴国难，视死忽如归；他们才是中华民族的脊梁。

正如诗人臧克家所言：有的人活着，他已经死了。有的人死了，他还活着。辛弃疾就是这样一面在南宋乃至整个词坛上高扬的旗帜。

磅礴英雄气：
万里腥膻如许，千古英灵安在

水调歌头·送章德茂大卿使虏

不见南师久，漫说北群空。
当场只手，毕竟还我万夫雄。
自笑堂堂汉使，得似洋洋河水，依旧只流东？
且复穹庐拜，会向藁街逢！
尧之都，舜之壤，禹之封。
于中应有，一个半个耻臣戎！
万里腥膻如许，千古英灵安在，磅礴几时通？
胡运何须问，赫日自当中。

【二七一】

（一）

在南宋，由于国力衰弱，偏安一隅，愁煞了多少仁人志士。这时的词坛也是一片惨淡，弥散着孤愤、难酬的气息。如陈亮《水调歌头·送章德茂大卿使虏》这么昂扬高迈、爱憎鲜明的，确是少数，可谓在众多爱国词篇中独树一帜。陈亮其人，在《宋史》中有记载："生而且有光芒、为人才气超迈，喜谈兵，议论风生，下笔数千言立就。"可见，这是一个月朗风清、慷慨任气、才思敏捷的人。

词成于宋金"隆兴议和"之后。从词名中，"虏"之一字，可见词人的态度。"使虏"说的是宋孝宗派大理寺少卿章德茂出使金朝以贺金世宗生辰。陈亮送友北上，对如仇雠的金人，不能快意杀之，却要俯首庆贺，这是一种怎样的愤懑和耻辱。长亭送别，北望汴京，万里腥膻，不禁吼道：千古英灵安在？楚虽三户，亡秦必楚，不要看见王师没有北上，就以为中华无人。这片悠久深沉的土地上，有过守成化民的尧舜禹，有过虽远必诛的汉武帝。华夏民族的尊严，怎仅会只一个半个耻臣戎？国仇家恨的洗刷，大宋领土的收复，终会有时。要明白，朗朗乾坤，赫日自当中！

我想此时的陈亮，定然是雄姿英发，壮志满怀，指北激昂。

在词史上，谈到陈亮，不可不提的是辛弃疾，《艺概》言：同甫（陈亮）与稼轩为友，其人才相若，词亦相似。诚然他们志同道合，皆为豪放词，但是，稼轩孤愤，陈亮高昂。

除了这首著名的《水调歌头·送章德茂大卿使虏》，还有另一首《念奴娇·登多景楼》，可见其磅礴振奋：

危楼还望，叹此意、今古几人曾会？鬼设神施，浑认作、天限南疆北界。一水横陈，连岗三面，做出争雄势。六朝何事，只成门户私计？

因笑王谢诸人，登高怀远，也学英雄涕。凭却长江，管不到，河洛腥膻无际。正好长驱，不须反顾，寻取中流誓。小儿破贼，势成宁问强对！

同样是登楼望远，稼轩的是“江南游子，把吴钩看了，阑干拍遍，无人会登临意”的沉郁苦寂，而陈亮却是“正好长驱，不须反顾，寻取中流誓”的高瞻远瞩，畅快淋漓。这是时代的强音，民族的自信。什么是自信？不是不明形势的盲目乐观，不是初出茅庐的无知无畏，是历经忧思苦痛后的成熟，是历经灾难诽谤后的不屈，是历经分离死亡后的豁达。陈亮，拒绝笼络，逾垣而逃；布衣之身，连上五疏，直言不讳；两次下狱，不改初衷。这，才是真正的自信，昂扬而又富有张力。

（二）

满纸豪情，喷涌磅礴，有力挽狂澜之势，存民族自豪之心。陈亮的词，如一股强劲的风，吹过阴霾满布的南宋词坛上空。可惜可笑，还有人认为这种高昂直白有杀词的价值审美，毕竟温良敦厚、哀而不伤，才是词中大雅。中国传统文化的痼疾就在于此，锋芒毕露，极左极右都会被呵斥，不偏不倚，中庸守正，方能长久。这是一种怎样变相的随波逐流、死气沉沉啊！那些战战兢兢、中庸行事的庸儒们，你们且看看，北地遗民、旧都汴梁，还有燕云十六州在内的华夏土地，哪里还有一丝一毫典雅中正的气息。词尚且不敢如此锐意进取，况且朝政乎？也只能是委曲求全、仰人鼻息罢了。试想朝堂上下一片融融雅正祥和之气，一朝城破，七庙难保，以何颜面面对百姓苍生，国家社稷？好一中庸守正呵！

这时的国家，需要的不是庸庸碌碌的守成之人，而是敢于乘风破浪、一往无前的勇士。可悲可叹，时势可以造就英雄，亦可以毁掉英雄。陈亮这样的愿望，终消断于尘土中，折戟沉沙，此时的我，也不过是自将磨洗认前朝，好在，暗纹依旧，光芒依旧。

（三）

读南宋词，不免涕零，然陈亮这样的词，着实令人惊喜。如习惯江南梅雨季节的阴雨绵绵，突然来了个晴天，天朗气清，遂满怀欢喜，青梅煮酒，呼朋引伴，登高山，临清流，共享这难得的明媚风光。

犹忆岁月峥嵘：
恨登山临水，手寄七弦桐

六州歌头·少年侠气

少年侠气，交结五都雄。肝胆洞，毛发耸。
立谈中，死生同。一诺千金重。
推翘勇，矜豪纵。轻盖拥，联飞鞚，斗城东。
轰饮酒垆，春色浮寒瓮，吸海垂虹。
闲呼鹰嗾犬，白羽摘雕弓，狡穴俄空。乐匆匆。
似黄粱梦，辞丹凤；明月共，漾孤蓬。
官冗从，怀倥偬；落尘笼，簿书丛。
鹖弁如云众，供粗用，忽奇功。
笳鼓动，渔阳弄，思悲翁。
不请长缨，系取天骄种，剑吼西风。
恨登山临水，手寄七弦桐，目送归鸿。

（一）

“手寄七弦桐，目送归鸿”，第一次看见这句话，让我想起嵇康的“目送归鸿手挥五弦”。魏晋风流，这样一位萧萧肃肃，爽朗清举的男子所留下的句子，隔着几百年，在宋词中，依稀又看见了影子。对于这位“岩岩若孤松之独立”“巍峨若玉山之将崩”的风华绝代文人心生仰慕，爱屋及乌，未看全词，便已心生好感了。读罢《六州歌头》，才知道自已会错了意。这两首诗词，词采意境是截然不同的。嵇康高古悠远，贺铸浩然雄健。不过，这样的误会也是让人欢欣的。如为追逐蝴蝶而误入森林的孩子，虽蝴蝶已不见踪影，却发现绿树青翠，繁花缤纷，又是一处怡人美景。

贺铸的词，以前接触的大都是细腻婉转、凄艳动人的。如“芭蕉不展丁香结。枉望断天涯，两厌厌风月”“向睡鸭炉边，翔鸾屏里，羞把香罗暗解”之句，读来齿颊生香，是玉兰树下弹箜篌女子旖旎缠绵的闺思，是他乡望月青衣男子的痴情。这首《六州歌头》的气势，倒是初次相遇，不禁眼睛一亮，耳目一新。

词的开篇，便是写豪侠任气的少年。从贺铸的家世来看，皇亲贵胄，七代从军，想必应是显赫富贵一时。五陵少年，锦衣裘马，豪放不羁，慷慨任侠。“推翘勇，矜豪纵。轻盖拥，联飞鞚，斗城东”，年少无畏，大有“晓策六鳌，濯足扶桑”之气势。这让我想到了那位“骨气奇高，词采华茂，情兼雅怨，体被文质”的曹子建的《白马篇》：

白马饰金羁，连翩西北驰。借问谁家子，幽并游侠儿。少小去乡邑，扬声沙漠垂。宿昔秉良弓，楛矢何参差。控弦破左的，右发摧月支。仰手接飞猱，俯身散马蹄。狡捷过猴猿，勇剽若豹螭。边城多警急，虏骑数迁移。羽檄从北来，厉马登高堤。长驱蹈匈奴，左顾凌鲜卑。弃身锋刃端，性命安可怀？父母且不顾，何言子与妻！名编壮士籍，不得中顾私。捐躯赴国难，视死忽如归！

少年贺铸，任侠使气，不可一世，这应该便是他的理想吧。无论时代怎么变化，少年小子，都有颗醉卧沙场，马革裹尸的无畏之心，难怪，宫本武藏说：谁能阻止得了少年武士赴死呢，他们听不到啊。读上阕词，不可不热血沸腾，也不禁感叹“少年不识愁滋味”啊。

（二）

人生不可能没有遗憾，但不能有太多的遗憾。似乎每一个失意人的故事里，都有一段肆意的岁月。人总是在成长的，没有人可以一直被庇护，无忧一世。肆意过后，便有责任要来承担，世间百态，亦在这时能够遍尝。回忆有时真是毒药。忆往昔，如黄粱一梦，观此刻，倍加困顿惨怛。年少的诺言，年少的斗武，年少的畅饮，在满目疮痍的现实面前，都化作一杯苦涩的茶。一灯如豆，剪剪灯花，喝下这早已凉透的茶。

每个时代，太多的人，都会有壮志难酬的感慨。建功立业，治国安邦，赢得生前身后名。理想和现实之间总是有隔阂的，这个亘古不变的矛盾命题，有太多的人感叹了。我想说的是时间。时间，红了樱桃，绿了芭蕉。人生短暂，时间，才是一切的症结所在。蒋捷一首《虞美人·听雨》说尽平生：

少年听雨歌楼上，红烛昏罗帐。壮年听雨客舟中，江阔云低断雁叫西风。

而今听雨僧庐下，鬓已星星也。悲欢离合总无情，一任阶前点滴到天明。

这是很多人的经历吧，此时此刻，不过是览昔人兴感之由，若合一契，临文嗟悼，不能喻之于怀罢了。

这首词的创作时间，有很多说法，我觉得，应该是徽宗宣和七年，词人临死的那一年的作品。因为只有经历世事，看遍沧桑，不改少年初衷，才会有“恨登山临水，手寄七弦桐，目送归鸿”的感慨。虽不似嵇康般虚伫神素，脱然畦封，却如此鲜活丰满，见之不忘。

（三）

有志少年，到老了，“暧暧远人村，依依墟里烟”是一种疏野旷达，“老来多健忘，唯不忘相思”是一种情深厚谊，而“恨登山临水，手寄七弦桐，目送归鸿”则是一种初心不改。

世事无常，多少人忘记了年少时的自己，临到老了，日薄西山了，还能有恨，固守初衷，贺铸，真是个纯粹的人啊。

图书在版编目 (CIP) 数据

杨柳岸，晓风残月：宋词里的悲欢离合 / 谷盈莹著 .
—北京：现代出版社，2017.4（2021.5重印）
ISBN 978-7-5143-4707-4

Ⅰ . ①杨… Ⅱ . ①谷… Ⅲ . ①散文集－中国－当代
Ⅳ . ① I267

中国版本图书馆 CIP 数据核字（2016）第 074522 号

杨柳岸，晓风残月：宋词里的悲欢离合

作　　者 谷盈莹
责任编辑 赵海燕
出版发行 现代出版社
通信地址 北京市安定门外安华里 504 号
邮政编码 100011
电　　话 010-64267325　64245264（传真）
网　　址 www.1980xd.com
电子邮箱 xiandai@vip.sina.com
印　　刷 永清县晔盛亚胶印有限公司
开　　本 710mm × 1000mm　1/16
印　　张 18
版　　次 2017 年 4 月第 1 版　2021 年 5 月第 5 次印刷
书　　号 ISBN 978-7-5143-4707-4
定　　价 45.00 元